Wolfgang Hohlbein

DER SCHATTENMAGIER

Roman

Knaur Taschenbuch Verlag

Besuchen Sie uns im Internet:
www.knaur.de

Vollständige Taschenbuchausgabe November 2006
Knaur Taschenbuch
Ein Unternehmen der Droemerschen Verlagsanstalt
Th. Knaur Nachf. GmbH & Co. KG, München

Illustrationen von Arndt Drechsler
Umschlaggestaltung: ZERO Werbeagentur, München
Umschlagabbildung: FinePic, München
Satz: Adobe InDesign im Verlag
Druck und Bindung: Clausen & Bosse, Leck
Printed in Germany
ISBN-13: 978-3-426-63382-3
ISBN-10: 3-426-63382-5

2 4 5 3 1

Die Nacht war längst vorüber, als sie den Hügel überwanden und die Stadt mit ihren trutzigen Mauern, den wuchtigen grauen Türmen und den roten Ziegeldächern unter sich liegen sahen.

Tibor blickte aus zusammengekniffenen Augen auf die Ansammlung von Häusern und das blaue Band des Flusses hinunter.

Ein sonderbares, nicht sehr angenehmes Gefühl erfüllte ihn bei diesem Anblick. Es war nichts, was er in Worte fassen oder worauf er mit dem Finger hätte deuten können, aber irgendetwas war da; etwas, was in einer Illusion von Licht und Finsternis sein Spiel mit ihm trieb, Schatten, die stets verschwanden, wenn er versuchte den Blick darauf zu richten.

Die Stadt lag im hellen, klaren Licht des

Morgens da und doch schien es, als wäre ein Stück der Nacht zurückgeblieben.

Tibor versuchte den Gedanken zu verscheuchen, aber es gelang ihm nicht. Und ohne zu wissen, woher, und ohne dass dieses Wissen irgendeines Beweises bedurft hätte, war er vollkommen sicher, dass es sich bei dem unheimlichen Gefühl, das sich seiner Seele bemächtigt hatte, nicht nur um bloße Einbildung handelte. Fast automatisch glitt seine rechte Hand zur Hüfte, dorthin, wo er sein Schwert trug, wenn er in Rüstung und Waffen war.

»Was ist los? Warum reiten wir nicht weiter?«

Eriks Stimme riss Tibor abrupt in die Wirklichkeit zurück. Und sie erinnerte ihn noch rechtzeitig daran, dass er im Moment nicht Tibor von Rabenfels, der weiße Ritter, sondern nur Tibor, der Gauklerjunge, war, der ein Stück des Weges mit einem Gleichaltrigen ritt, und auch das nur eher zufällig.

Beinahe verlegen wandte er den Kopf, lächelte dem rotblonden Hünen, der nur ein knappes Jahr älter als er, dafür aber um fast zwei Köpfe größer und doppelt so breitschultrig war, entschuldigend zu und ließ die

Zügel knallen. Seine Graustute begann den Hügel hinabzulaufen, so schnell, dass Eriks Maultier auf seinen kurzen Beinen alle Mühe hatte, mit ihm Schritt zu halten. Das Tier witterte die Nähe von Menschen und nach zwei Tagen, die sie fast ohne Pause unterwegs gewesen waren, sehnte auch Tibor sich nach einer warmen Mahlzeit neben einem gemütlich knisternden Kaminfeuer.

Tibors Augen brannten vor Müdigkeit und nach all den zahllosen Meilen, die er im Sattel verbracht hatte, schien das letzte Stück Weg kein Ende nehmen zu wollen, obwohl es kaum eine Meile bis zum Fuß des Hügels und dem Flussufer war. Wäre er allein gewesen, hätte er jetzt schon im Inneren der Stadt sein können, auf einem Weg, den nur er zu gehen wusste. Aber er war nicht allein, und wenn ihm auch jeder einzelne Knochen im Leib wehtat, es war nicht mehr weit bis zum Fluss und fast in gerader Linie unter ihnen schaukelte eine Fähre auf dem Wasser, sodass sie sogar trockenen Fußes hinübergelangen würden.

Erik schloss zu ihm auf, als Tibor die Stute auf dem schmalen sandigen Streifen unmittelbar am Ufer zügelte. Auch er hockte vornübergebeugt und erschöpft im Sattel, doch er gab sich alle Mühe, sich seine Müdigkeit nicht anmerken zu lassen. Tibor fand dieses Benehmen reichlich albern und überflüssig dazu. Seit sie sich getroffen hatten, versuchte Erik mit aller Macht den Älteren und Erwachsenen herauszukehren. Aber was war schon unmännlich daran, nach zwei Tagen im Sattel erschöpft zu sein?

Trotzdem schwieg Tibor und verwandte das bisschen Energie, das er noch aufbringen konnte, lieber darauf, nach dem Fährmann Ausschau zu halten.

Allerdings ohne großen Erfolg. Die Fähre lag verlassen da, nur gehalten von einem quer über den Fluss gespannten Tau und der Strömung, die sie gegen das Ufer drückte. Der Anblick kam Tibor sonderbar vor und wieder machte sich dasselbe ungute Gefühl in ihm breit, das er schon beim ersten Blick auf die Stadt verspürt hatte. Eine Fähre war ein kostspieliger und wertvoller Besitz, den man nicht einfach so liegen ließ. Und wenn ihr Besitzer drüben in der Stadt lebte, warum war sie dann hier, am jenseitigen Ufer?

Aber Tibor vertiefte auch diesen Gedanken nicht weiter, sondern stieg aus dem Sattel und folgte Erik, der ebenfalls abgesessen war und bereits versuchte sein Maultier auf die Fähre hinaufzubugsieren. Doch das übermüdete und gereizte Tier machte dem schlechten Ruf seiner Rasse alle Ehre und war nur mit Gewalt überhaupt dazu zu bewegen, sich von der Stelle zu rühren.

Tibor band seine Stute auf der Fähre fest, ging zu Erik zurück und half ihm das Maultier vollends auf die Plattform zu hieven.

Der junge Nordmann nickte ihm dankbar zu, wischte sich mit dem Handrücken den Schweiß von der Stirn und wollte unverzüglich nach dem Zugseil der Fähre greifen, aber Tibor hielt ihn zurück.

»Warte«, sagte er. »Einen Moment noch. »Irgendetwas gefällt mir hier nicht.«

»So?«, brummte der Nordmann ungeduldig. »Und was beunruhigt den Herrn?«

Tibor blickte ihn einen Moment lang an, dann zuckte er mit den Achseln. Wie sollte er Erik etwas erklären, das er selbst kaum verstand? Es war ja nur ein Gefühl.

»Zum Beispiel, dass die Fähre hier so herrenlos herumliegt«, sagte er schließlich.

Erik grinste. »Wer stiehlt schon eine Fähre?«, fragte er scherzhaft. »Und nun komm.

Ich will endlich in die Stadt und sehen, ob sie ein Wirtshaus haben, in dem es ein gutes Bier gibt.«

So ganz zerstreuten Eriks Worte Tibors Bedenken allerdings nicht. Aber er sah auch ein, dass sich das Rätsel – wenn es eines war – nicht lösen würde, wenn sie hier herumstanden. So griff auch er nach dem Zugseil und half Erik die Fähre von der Stelle zu bewegen.

Es war eine schwere und schweißtreibende Arbeit, das plumpe Gefährt gegen den Sog der Strömung zum anderen Ufer zu bewegen, und für die nächsten Minuten dachte er nicht an einen verschwundenen Fährmann oder sonderbare Schatten, sondern konzentrierte sich ganz darauf, sich Stück für Stück am rauen Seil entlangzuhangeln.

Nach einer Ewigkeit – wie es ihm schien – erreichten sie das andere Ufer. Erik sprang mit einem kraftvollen Satz von der Fähre, knotete das Haltetau fest und griff nach dem Zaumzeug seines Maultieres.

Bevor er überhaupt reagieren konnte, hatte es ihn gebissen. Erik ächzte vor Schmerz und Überraschung, als die kräftigen Zähne des Maulesels so fest in seine Hand zwickten, dass Blut über seine Finger lief. Tibor konnte sich allerdings ein schadenfrohes Lachen nicht ganz verkneifen.

»Blödes Vieh!«, schimpfte Erik und fügte mit einem wütenden Blick in Tibors Richtung hinzu: »Ich weiß überhaupt nicht, was es da zu lachen gibt. Das tut verdammt weh!«

Tibor verstummte schuldbewusst.

»Verzeih«, sagte er. »Es sah nur so komisch aus.« Er trat auf Erik zu und wollte nach seiner verletzten Hand sehen, aber Erik drehte sich mit einem wütenden Ruck um und tauchte den Arm bis zum Ellbogen ins Wasser, bis die Wunde, die nicht sehr tief war, zu bluten aufhörte. Dann kam er zurück und versuchte noch einmal – weitaus vorsichtiger – das Muli von der Fähre zu ziehen. Tibor half ihm, aber selbst mit vereinten Kräften machte es Mühe, das bockende Tier auf das Ufer hinaufzuzerren.

Als sie es endlich geschafft hatten, blieb Tibor erschöpft stehen, fuhr sich mit beiden Händen über das Gesicht und wartete, bis sich sein Atem ein wenig beruhigt hatte. Dann ging er auf die Fähre zurück, band seine Graustute los und schnalzte mit der Zunge.

Doch auch sein Tier bewegte sich nicht.

Diesmal war es Erik, der ein schadenfrohes Gelächter anstimmte.

Tibor sah die Stute mit einer Mischung aus Ärger und Verwirrung an. Er ritt das Tier jetzt seit annähernd einem Jahr und es hatte ihm noch nie den Gehorsam verweigert. Doch nun fiel ihm auf, wie nervös die Graustute war. Ihre Ohren zuckten unablässig, ihr Schwanz peitschte hin und her und ihre Nüstern waren gebläht. In diesem Zustand hatte sie Tibor noch nie erlebt. Sie bewegte sich nicht einmal von der Stelle, als er am Zügel zog und ihr gleichzeitig beruhigend zuredete.

»Was ist los?«, fragte Erik spitz. »Du lachst ja gar nicht mehr.«

Tibor schenkte ihm einen bösen Blick und fuhr fort beruhigend auf die Stute einzureden. Schließlich gelang es ihm wirklich, das Tier von der Fähre herunterzubekommen – wenn auch nur mit sehr großer Geduld und schier endlosem Zureden. Als er in den Sattel stieg, warf sie ihn beinahe ab.

Erik lachte nicht mehr, sondern stieg ebenfalls auf und betrachtete die beiden Tiere nachdenklich. »Was ist bloß mit den blöden

Viechern los?«, fragte er stirnrunzelnd. »Die sind ja wie ausgewechselt!«

Tibor sah gedankenvoll zur Stadt hinauf. Obwohl sie ihr schon so nahe gekommen waren, dass sie das Muster des Mauerwerks erkennen konnten, war noch immer kein menschliches Wesen zu entdecken. Die Zinnen und Türme waren leer, hinter den Fenstern war nichts als Dunkelheit und das weit offen stehende Tor gähnte wie ein hässliches Loch in der Stadtmauer. Nur die Schatten waren wieder da. Und noch etwas …

»Das gefällt mir nicht«, sagte Tibor. Erik seufzte, aber Tibor schüttelte den Kopf und fuhr mit einer Geste auf ihre beiden Reittiere fort: »Die Tiere sind nervös.«

»Und?«

»Sie haben viel feinere Sinne als wir«, behauptete Tibor. »Manchmal spüren sie eine Gefahr lange vor den Menschen.«

Erik verdrehte in übertriebenem Entsetzen die Augen. »Fängst du schon wieder an zu unken?«, fragte er. »Die Viecher sind müde, das ist alles!«

»Und die Stadt?«, fuhr Tibor unbeeindruckt fort. »Sie hätten uns schon lange bemerken müssen.«

Erik wirkte für einen Moment unsicher. Dann schüttelte er den Kopf. »Vielleicht haben sie ja Angst vor uns«, sagte er ärgerlich.

Noch bevor Tibor etwas darauf erwidern konnte, rammte Erik seinem Maulesel die Fersen so kräftig in die Seiten, dass das Tier mit einem erschrockenen Satz loslief.

»Ja«, murmelte Tibor leise. Abermals sah er zur Stadt hinauf. »Vielleicht hast du sogar Recht, mein Freund.« Aber das hörte Erik schon nicht mehr, denn er hatte auf seinem kurzbeinigen Muli bereits einen solchen Vorsprung, dass Tibor sich sputen musste, wollte er ihn einholen.

Die Stadt wirkte jenseits ihrer Mauern so unheimlich wie von außen. Sie hatten das Tor durchschritten und waren auf eine breite, sauber gepflasterte Straße gelangt. Aber auch hier waren sie auf keine Menschenseele gestoßen. Die einzige Bewegung kam vom Wind, der Staub und trockenes Laub vor sich hertrieb, und die einzigen Laute waren sein Heulen und die unheimlichen klackenden Echos der Hufe der Reittiere, die von den Wänden widerhallten.

Tibor schauderte, aber es war keineswegs nur die Einbildung, die ihn frösteln ließ. Es war kalt hier in der Stadt, sehr viel kälter, als es trotz des Windes und der noch frühen Stunde hätte sein dürfen.

»Was mag hier geschehen sein?«, murmelte Erik, während sie nebeneinander durch die menschenleere Straße ritten, dem Marktplatz zu, der wie ein verwaschener heller Fleck am Ende der grauen Häuserreihe schimmerte. Erik war mit jedem Schritt, den sie tiefer in die Stadt eingedrungen waren, schweigsamer geworden. »Wo sind all diese Menschen geblieben?«

»Vielleicht … sind sie vor einer Krankheit geflohen«, vermutete Tibor.

»Oder sie haben uns gesehen und haben sich versteckt«, fügte Erik hinzu. »Möglicherweise halten sie uns für Räuber und haben wirklich Angst vor uns.«

Keiner von ihnen antwortete auf die Vermutung des anderen, denn sie spürten beide, dass weder die eine noch die andere richtig war. Sie suchten nur beide verzweifelt nach einem Grund für das unheimliche Schweigen, um sich selbst zu beruhigen.

Schließlich erreichten sie den Marktplatz und zügelten ihre Tiere. Tibor sah sich mit einer Mischung aus Neugier und Furcht um. Die Stadt musste weit größer sein, als es von außen den Anschein gehabt hatte, denn hinter ihnen war die Mauer nur noch als grauer Schemen über den Dächern zu erkennen, und auf der anderen Seite verlor sich sein

Blick gar in undeutlicher Weite, ohne dass die jenseitige Begrenzung der Stadt überhaupt zu erkennen war.

Er verschwieg Erik seine Beobachtung. Vielleicht war es ja nur eine Täuschung: eine Luftspiegelung oder ein Streich, den ihm seine übermüdeten Augen spielten. Und er war viel zu müde, um sich mit der Lösung dieses neuerlichen Rätsels jetzt wirklich befassen zu können.

Umständlich stieg er aus dem Sattel, zog die Stute am Zügel hinter sich her und wies mit der freien Hand auf ein zweistöckiges Gebäude auf der anderen Seite des Platzes, dessen buntes Schild über dem Eingang ein Gasthaus verriet. Darunter stand etwas in einer Schrift, die Tibor nicht lesen konnte.

Erik nickte erschöpft und folgte ihm wortlos. An seiner Miene war deutlich abzulesen, dass er sich alles andere als wohl in seiner Haut fühlte. Er wünschte sich in diesem Moment wahrscheinlich nichts mehr, als möglichst weit fort von dieser unheimlichen Stadt zu sein.

Wind und Schatten und Staub begannen heftiger zu tanzen, als sie den Platz überquerten, und für einen kurzen Augenblick glaubte Tibor wispernde Stimmen im Heulen der Böen wahrzunehmen: düstere Dinge in den Schatten, die wie körperlose graue Hände nach ihm und Erik griffen und sich stets zurückzogen, kurz bevor sie sie wirklich erreichten. Mit einem Mal war der Spuk wieder vorbei. Aber es blieb ein bedrückendes Gefühl zurück und Tibor war sich nicht ganz sicher, ob wirklich alles nur Einbildung gewesen war. War da nicht eine leise, aber sehr deutliche Stimme im Wind gewesen, eine Stimme, die »Geht weg! Geht weg!« gerufen hatte?

Erik band seinen Maulesel vor dem Gasthaus an, wartete, bis Tibor es ihm gleichgetan hatte, und stieß die Tür auf ohne anzuklopfen.

Drinnen war es dunkel und so kalt, dass ihr Atem als weißer Dampf in der Luft erschien und Tibor nicht erstaunt gewesen wäre, hätte er Eis in den Ritzen entdeckt. Das Zimmer war so leer wie die ganze Stadt, die sie durchquert hatten.

Erik blieb dicht hinter der Tür stehen und rief dreimal nach den Wirtsleuten, wobei er zwei verschiedene Sprachen gebrauchte, die Tibor nicht kannte. Die einzige Antwort, die

Erik bekam, war das Echo seiner eigenen Stimme. Schließlich zuckte er mit den Achseln, ging zum Fenster und stieß die Läden auf, um das Tageslicht hereinzulassen.

Und dann ging alles ganz schnell: So rasch, dass Tibor hinterher nicht einmal sicher war, überhaupt etwas gesehen zu haben; sicher war er sich nur, dass Erik, der noch immer zum Fenster gewandt dastand, nicht einmal etwas davon bemerkt hatte. Aber für einen flüchtigen Augenblick, in dem die Dunkelheit dem hereinströmenden Licht wich, es aber noch nicht wirklich hell werden ließ, hatte er den Eindruck, etwas davonhuschen zu sehen: etwas Großes und Dunkles, Körperloses, das sich mit einer sonderbar flatternden Bewegung aus den Winkeln und Ecken erhob und in die Schatten floh.

»Was hast du?«, fragte Erik. Er hatte sich wieder herumgedreht und sah Tibor an und dieser begriff, dass sein Schrecken ziemlich deutlich auf seinem Gesicht geschrieben sein musste.

»Nichts«, sagte er hastig.

»Nichts?« Erik runzelte die Stirn und sah ihn misstrauisch an. »Du siehst aus, als hättest du ein Gespenst gesehen!«

»Es ist nichts«, meinte Tibor noch einmal. »Ich bin müde, das ist alles.« Er versuchte zu lächeln, um seine Worte zu unterstreichen, aber so ganz gelang es ihm nicht. Zu seiner Erleichterung gab sich Erik mit dieser Erklärung zufrieden und begann ohne ein weiteres Wort das Zimmer zu durchsuchen. Tibor half ihm dabei.

Viel fanden sie allerdings nicht. Die Gaststube war recht groß, aber vollkommen leer. Die Töpfe und Tiegel hinter der Theke waren blank geputzt und so säuberlich aufgereiht wie Soldaten bei einer Parade. Und auch die anschließende Küche und der Vorratsraum boten keinen anderen Anblick: sauber und ordentlich aufgeräumt, aber leer bis auf den letzten Brotkrumen.

»So eine Schweinerei«, schimpfte Erik, als sie in die Gaststube zurückkamen. »Nicht einen Bissen haben sie uns zurückgelassen!«

»Wir haben genügend eigene Vorräte«, antwortete Tibor. »Zumindest wissen wir jetzt, dass die Leute hier nicht vor Räubern oder einem feindlichen Heer geflohen sind. Und auch nicht vor der Pest.«

»Ach?«, fragte Erik. »Und woher wissen wir das?«

Tibor machte eine Bewegung mit der Hand, die den gesamten Raum einschloss. »Dann sähe es hier anders aus«, erklärte er. »Wer immer hier gelebt hat, ist nicht in Panik geflohen, sondern hat Zeit gehabt, seine Dinge zu ordnen und dieses Haus in tadellosem Zustand zurückzulassen.«

»Vielleicht kommen sie ja wieder«, vermutete Erik. »Sollen wir nachsehen, ob es in den anderen Häusern ähnlich aussieht?«

»Nein«, sagte Tibor. »Ich bin müde und du auch. Lass uns lieber nach oben gehen und schauen, ob sie wenigstens das Bettzeug dagelassen haben.« Nacheinander gingen sie die schmale, ausgetretene Treppe zum oberen Stockwerk hinauf. Diesmal hatten sie mehr Glück. Schon im ersten Zimmer fanden sie ein frisch bezogenes Bett und weitere in den Nebenzimmern. Erik ging noch einmal nach unten, um das Gepäck zu holen und sich davon zu überzeugen, dass ihre Tiere sicher angebunden waren.

Tibor bekam nicht einmal mehr mit, wie Erik zurückkam. Er hatte sich bereits in voller Kleidung aufs Bett gelegt und war eingeschlafen.

Als Erik ihn weckte, hatte er das Gefühl, die Augen gerade erst geschlossen zu haben. Er fühlte sich müder als zuvor und war so benommen, dass er im ersten Moment nicht einmal begriff, wer der Schatten war, der vor ihm stand und ihn an der Schulter rüttelte, geschweige denn, was er von ihm wollte.

»Lass mich«, murmelte er verschlafen. Er schob Eriks Hand beiseite und wollte sich zur Wand drehen, aber Erik zerrte ihn grob in die Höhe und deutete mit der anderen Hand zum Fenster.

»Zum Teufel, Tibor, wach endlich auf!«, fauchte der Nordmann zornig. »Es kommt jemand!«

Tibor blinzelte, setzte sich mühsam auf und fuhr sich mit beiden Händen über das

Gesicht. Die Benommenheit wich nur langsam und für einen Moment musste er mit aller Gewalt gegen die Verlockung ankämpfen, Eriks Worte einfach zu ignorieren und weiterzuschlafen. Er gähnte ungeniert, rieb sich die Augen und blinzelte verschlafen zu Erik hoch.

»Es kommt jemand?«, murmelte er.

»Reiter!« Erik nickte erregt. »Sehr viele Reiter. Man hört sie ganz deutlich!« Er deutete aufgeregt zum Fenster.

Tatsächlich hörte auch Tibor deutlich das Hufgetrappel von Pferden, als er Erik zum Fenster gefolgt war und einen Moment gelauscht hatte. Zu sehen war zwar noch nichts, aber das Geräusch war eindeutig. So verlassen, wie diese Stadt ihnen bisher vorgekommen war, war sie wohl doch nicht.

»Lass uns hinuntergehen«, sagte Erik. »Sie werden unsere Tiere sehen und misstrauisch werden.«

Tibors Blick suchte die Sonne, ehe er sich umwandte und Erik folgte. Ihrem Stand nach zu schließen hatte er kaum zwei Stunden geschlafen. Kein Wunder, dass er sich noch wie gerädert fühlte. Die Schatten waren vollends ins Nichts zurückgekrochen, als sie die Gaststube durchquerten, und der Raum war jetzt nichts weiter als ein großes, leeres Zimmer, in dem sich schon der Staub breit zu machen begann. Und auch an der Stadt war nichts Unheimliches oder gar Bedrohliches mehr, als Tibor hinter Erik aus dem Haus trat und den Blick über das weite, verlassene Areal des Marktplatzes gleiten ließ.

Der Hufschlag war lauter geworden, aber noch immer war von den Reitern nichts zu sehen. Dabei mussten sie schon sehr nahe sein, Tibor konnte bereits den Widerhall der einzelnen Hufschläge hören, dazwischen das schwere Schnauben der Pferde, das Knarren von ledernem Sattelzeug und das Klirren von Metall.

Erik hatte Recht. Es mussten sehr viele sein, ein Dutzend oder mehr.

Aber sie kamen nicht in Sicht.

Der donnernde Hufschlag wurde lauter und lauter, schwoll mehr und mehr an. Es war ein unheimlicher Moment: Der Platz erzitterte unter den dröhnenden Hufschlägen eines kleinen Heeres, in der Luft lag das Wiehern der Pferde, das Rufen und Schreien der Männer und das Klirren von Waffen und metallbeschlagenem Sattelzeug.

Aber Erik und Tibor waren allein und um sie herum regte sich nicht einmal der Wind.

»Tibor, was … was ist das?«, keuchte Erik. Er war leichenblass geworden. Seine Hände zitterten. »Das ist Hexerei!«

Tibor schwieg. Instinktiv wich er zurück, bis er fast unter der Tür war, obwohl er wusste, dass ihm dieses Haus keinen Schutz bieten würde.

Der Lärm schwoll weiter an, bis die ganze Stadt unter dem Dröhnen eines gewaltigen Heeres zu zittern schien. Tibor glaubte sogar den Staub und den scharfen Schweiß der Pferde zu riechen.

Aber der Platz vor ihnen war leer!

»Teufelswerk!«, keuchte Erik. »Was geht hier vor?«

Tibor wollte antworten, aber der Lärm war so laut geworden, dass es unmöglich war, zu reden. Was sich zuerst nach ein oder zwei Dutzend Reitern angehört hatte, wurde zu einem infernalischen Getöse, als galoppiere ein nach Tausenden zählendes Heer durch die Stadt. Der Boden unter ihren Füßen zitterte und schließlich begann selbst das Glas in den Fenstern zu klirren.

Und ebenso langsam, wie der Lärm gekommen und angeschwollen war, ebbte er auch wieder ab. Es dauerte ewig, bis Erik und Tibor überhaupt wieder miteinander reden konnten, ohne schreien zu müssen.

Erik wandte sich um. Sein Gesicht war bleich und seine Augen waren vor Schreck geweitet. »Was … was war das?«, stammelte er. »Tibor, was war das?« Plötzlich sprang er auf Tibor zu und packte ihn so heftig an beiden Schultern, dass es wehtat.

Tibor schlug seine Arme beiseite und sprang einen Schritt zurück. »Das weiß ich so wenig wie du!«, rief er. »Verdammt, Erik, beruhige dich.«

Aber der Nordmann beruhigte sich nicht. In seinem Gesicht zuckte es und er schluckte ununterbrochen. Sein Atem ging so schnell, als wäre er stundenlang gerannt. »Ich … ich will hier raus«, stammelte er, »raus aus dieser verdammten Stadt!«

Plötzlich schrie er auf, fuhr herum und wollte aus dem Haus stürmen, aber Tibor vertrat ihm mit einem raschen Schritt den Weg und stellte ihm ein Bein. Erik stolperte, fiel der Länge nach hin und blieb einen Moment lang benommen liegen.

»Nun?«, fragte Tibor, nachdem er sich

wieder hochgerappelt hatte. »Wieder beruhigt?«

Erik nickte. Aber das Flackern in seinem Blick verriet das Gegenteil. Tibor ließ den jungen Nordmann keine Sekunde aus den Augen, während er sich aufrichtete und umständlich den Schmutz aus seinen Kleidern klopfte. Das Dröhnen der Pferdehufe war noch immer zu vernehmen, aber es entfernte sich und wurde leiser.

»Ich will hier weg«, sagte Erik plötzlich ruhig und mit großer Entschlossenheit. »Diese Stadt ist verhext, Tibor. Hier gibt es böse Geister.«

Tibor nickte. Er war nicht sicher, dass die Erklärung für ihr unheimliches Erlebnis wirklich so einfach war, wie Erik glaubte. Aber in einem Punkt hatte er sicher Recht – dass sie von hier verschwinden sollten, so rasch es nur ging.

»Gut«, sagte er. »Sattle die Tiere. Ich gehe inzwischen nach oben und hole unser Gepäck.«

Auf Eriks Gesicht machte sich der Ausdruck deutlicher Erleichterung breit. Er lächelte, wenn auch etwas gezwungen, drehte sich herum – und erstarrte mitten in der Bewegung. Ein überraschtes Keuchen kam über seine Lippen.

»Was hast du?«, fragte Tibor alarmiert.

»Dort drüben!«, Erik deutete erregt über den Platz. »Da ist jemand. Ein Mensch!«

Tibor blickte in die Richtung, in die Eriks ausgestreckter Arm wies. Und tatsächlich sah er eine Gestalt: groß, aber angstvoll geduckt, in graue Lumpen gekleidet, die einen fast mannslangen Knüppel in der Rechten trug. Nicht länger als eine Sekunde blieb der Mann reglos so stehen, kaum weniger überrascht als Erik und er, dann fuhr er herum und war mit einem einzigen Satz in einer Lücke zwischen zwei Häusern verschwunden.

»Den schnappen wir uns!«, rief Erik. »Los!« Und damit stürmte er auch schon los, so rasch, dass Tibor keine Zeit fand, ihn auch nur mit einem Wort zurückzuhalten. All seine Furcht schien im Augenblick vergessen.

Tibor schluckte einen Fluch hinunter und folgte ihm, so schnell er konnte. Aber Erik spurtete in einem Tempo los, mit dem er nicht mitkam. Als er in die Gasse stürmte, in der der Fremde verschwunden war, betrug sein Vorsprung schon ein gutes Dutzend Schritte. Tibor verdoppelte seine Anstrengungen, ihn einzuholen. Gleichzeitig begann er aus Leibeskräften Eriks Namen zurufen.

Wie zur Antwort erscholl aus der Gasse ein zorniger Schrei. Und als Tibor um die Ecke bog, bot sich ihm ein erschreckender Anblick: Vier oder fünf zerlumpte Gestalten bedrängten Erik und versuchten den jungen Hünen niederzuringen. Erik wehrte sich aus Leibeskräften und ließ die gewaltigen Fäuste fliegen, aber die Übermacht war zu groß.

Tibor stieß erschrocken einen Schrei aus und wollte ihm zu Hilfe eilen, doch in diesem Moment flog neben ihm eine Tür auf und plötzlich sah er sich von drei in Fetzen gehüllten Gestalten umringt.

Es war nicht einmal ein richtiger Kampf. Tibor packte zwar den ersten Mann, der auf ihn zustürmte, am Arm, vollführte eine blitzartige halbe Drehung und versetzte ihm so noch mehr Schwung, als er schon hatte: Der Kerl stolperte an ihm vorüber und kollidierte reichlich unsanft mit der gegenüberliegenden Wand. Aber noch bevor er mit einem gurgelnden Schrei zusammensinken konnte, fühlte sich Tibor von ungemein starken Fäusten gepackt und niedergerungen. Er fiel auf die Knie, bäumte sich noch einmal auf und

sank vollends nach vorne, als ein harter Schlag seinen Nacken traf.

Einen Moment lang fühlte er sich völlig benommen. Das Blut rauschte in seinen Ohren und für einige Sekunden spürte er die dunkle Hand der Bewusstlosigkeit nach seinen Gedanken greifen.

Als sich sein Blick wieder klärte, lag er mit auf dem Rücken zusammengebundenen Händen am Boden, gleich neben Erik, der auf dieselbe Art gefesselt war. Ein gutes halbes Dutzend zerlumpter Gestalten umstanden sie und der Ausdruck, den er in ihren Blicken las, ließ ihn das Schlimmste befürchten.

»Was wollt ihr von uns?«, fragte er mühsam. »Warum greift ihr uns an? Wir haben euch nichts getan!«

Statt einer Antwort beugte sich einer der Burschen vor und schlug ihm mit der flachen Hand über den Mund.

»Schweig!«, schrie er wütend. »Oder ich bringe dich gleich hier um!« Er ballte die Faust, als wolle er seine Ankündigung auf der Stelle wahr machen, aber ein anderer riss ihn grob zurück und fuhr ihn an: »Lass das! Barok soll entscheiden, was mit ihnen zu geschehen hat!«

»Was gibt es da zu entscheiden?«, fauchte der Bursche. Tibor erkannte ihn jetzt. Es war der, den er gegen die Wand geschleudert hatte. Sein Gesicht war bleich und aus seiner Nase lief Blut. »Schlagt sie tot, auf der Stelle, ehe sie uns alle umbringen können!«

»Du wirst warten, bis Barok hier ist«, befahl der andere.

»Ihr täuscht euch in uns, ihr Herren!«, sagte Tibor. »Wir wollen euch nichts …«

Diesmal war es der andere Mann, der ihn zum Schweigen brachte: mit einem derben Fußtritt in die Rippen, der Tibor vor Schmerz aufstöhnen ließ.

»Kein Wort mehr!«, sagte der Mann drohend. »Unser Anführer wird entscheiden, was mit euch zu geschehen hat. Bis dahin rate ich dir, deine Zunge im Zaum zu halten. Am Ende sagst du noch einen Zauberspruch auf und verhext uns alle!« Er zerrte einen schartigen Dolch unter dem Gürtel hervor, fuchtelte damit drohend vor Tibors Gesicht herum und richtete sich auf.

»Ihr gebt mir auf die beiden Acht«, befahl er an seine Begleiter gewandt. »Ich werde nachsehen, wo Barok und die anderen stecken.«

Tibor sah ihm finster nach, bis er am Ende der Gasse verschwunden war. Er war noch viel zu benommen, um wirkliche Angst zu empfinden. Im Gegenteil; er spürte fast so etwas wie Erleichterung. So gefährlich die Männer auch sein mochten, in deren Gewalt sie sich befanden, es waren doch ganz normale Menschen aus Fleisch und Blut und keine herumgeisternden Schatten.

Tibors Blick glitt über die Gestalten und Gesichter der anderen und der Ausdruck, den er darin las, war überall derselbe: Zorn und Hass, aber auch eine große Portion Furcht. Vorsichtig, um ihre Bewacher nicht durch eine zu schnelle Bewegung zu neuen Schlägen oder Schlimmerem zu verleiten, drehte er sich auf die Seite und besah sich die Gasse genauer. Sie war sehr schmal, im Grunde nur eine Lücke zwischen zwei Häuserreihen, die zu bebauen niemand lohnenswert gefunden hatte. Die Sonne stand noch nicht ganz im Zenit, sodass die Häuser auf der rechten Seite noch einen deutlichen Schatten warfen. Eine schnelle Drehung, dachte er, und ich könnte ihn erreichen. Aber er tat es nicht. Im Grunde waren Erik und er nicht einmal in Gefahr, denn es war für Tibor ein

Leichtes, von einem Augenblick zum anderen zu verschwinden: auch zusammen mit Erik.

Es dauerte lange, bis der Räuber zurückkam. Doch er war nicht mehr allein. Ein weiteres halbes Dutzend Männer begleiteten ihn. Angeführt wurde der kleine Trupp von einem mittelgroßen, hageren Mann mit schwarzem Haar, dessen Kleidung als einzige nicht aus Lumpen, sondern aus einer – wenn auch bunt zusammengewürfelten – Rüstung bestand: Kettenhemd und Rock aus demselben Metallgeflecht, zwei verschiedene Stiefel und ein Helm, der ihm ein gutes Stück zu groß war, dazu ein runder Schild, den er auf den Rücken geschnallt hatte, was ihn fast bucklig erscheinen ließ. An seiner Seite klirrte ein Schwert.

Die Männer wichen respektvoll zur Seite, als Barok näher kam und dicht vor Erik und Tibor stehen blieb. Eine Zeit lang blickte er stumm und ausdruckslos auf die beiden herab, dann verzogen sich seine Lippen zu einem dünnen, abfälligen Lächeln.

»Geister!«, sagte er wütend. »Hexenmeister. Seid ihr von Sinnen, Kerle? Das sind zwei Kinder.« Das letzte Wort hatte er geschrien und Tibor sah, wie die Männer in seiner unmittelbaren Nähe ein Stück zurückwichen. Gleichzeitig machten ihn Baroks Worte wütend. Sicher – er war noch jung, für seine sechzehn Jahre aber doch wieder sehr groß und kräftig. Und Erik war ein Riese, der jeden von Baroks Männern um Haupteslänge überragte. Sie als Kinder zu bezeichnen, war eine Beleidigung.

»Aber sie ... sie waren hier«, verteidigte sich der Mann, der Tibor getreten hatte. »Und sie kamen aus einem der Häuser, gerade als der Hufschlag am lautesten war!«

Barok starrte den Mann an. Seine linke Augenbraue rutschte ein Stück in die Höhe und verschwand unter dem Rand seines Helmes. »Narr«, sagte er kalt. Dann wandte er sich um, ließ sich vor Tibor und Erik in die Hocke sinken und sah sie abwechselnd an.

»Also«, begann er, »wer seid ihr beiden? Und was sucht ihr hier?«

»Dasselbe könnte ich Euch fragen!«, schnappte Erik trotzig zurück.

Tibor sah, wie es in Baroks Augen zornig aufblitzte.

»Wir sind durch Zufall hier«, sagte er hastig, um Baroks Aufmerksamkeit auf sich zu lenken. »Wir sind drei Tage geritten und haben die Stadt heute Morgen entdeckt. Wir wollten nur ein paar Stunden ausruhen.«

»Und wer seid ihr?«, wollte Barok wissen.

»Ich heiße Tibor«, antwortete Tibor. Er wies mit einer Kopfbewegung auf den Nordmann. »Das da ist Erik.«

»Und was seid ihr?«

»Nichts, Herr«, sagte Tibor hastig. »Ich bin nur ein Gauklerjunge, der durch die Welt zieht und sich hier und da ein paar Münzen verdient. Erik kommt aus dem Norden und ist wieder auf dem Weg dorthin zurück.«

»Ein Gauklerjunge, so«, murmelte Barok. »Einer vom fahrenden Volk. Wieso bist du allein?«

»Ich habe mich von meinen Leuten getrennt im vergangenen Jahr«, antwortete Tibor.

Barok nickte, fuhr sich mit der Hand über das Kinn und wandte sich an Erik. »Und du?«, fragte er. »Hast du auch niemanden oder leben deine Eltern noch?«

»Mein Vater ist ein mächtiger Mann«, erwiderte Erik stolz. »Vier Kriegsschiffe und hundert Krieger folgen seinem Befehl. Er wird euch alle töten lassen, wenn ihr mir auch nur ein Haar krümmen solltet!«

Seine Worte lösten ein schallendes Gelächter unter Baroks Männern aus und auch in den Augen des Anführers blitzte es amüsiert. »Wer spricht davon, dir ein Leid anzutun?«, fragte er. »Im Gegenteil. Meine Männer und ich haben noch für eine Weile hier zu tun, aber wie es der Zufall will, führt uns unser Weg danach nach Norden. Und was liegt da näher, als dich mitzunehmen und zu deinem Vater zu bringen?« Er lachte böse. »Wenn er wirklich ein so reicher und mächtiger Mann ist, dann wird er sicher einen Teil seines Reichtums hergeben, um seinen Sohn zurückzubekommen.«

Erik erbleichte, als ihm klar wurde, dass er mit seinen Worten wohl das genaue Gegenteil von dem bewirkte, was er beabsichtigt hatte. »Das wagst du nicht!«, keuchte er. »Mein Vater wird dich vierteilen lassen und deine Männer dazu!«

Barok bedachte ihn mit einem beinahe mitleidigen Blick, stand auf und deutete auf zwei seiner Männer. »Ihr da! Nehmt diesen Burschen und bringt ihn ins Lager. Und passt gut auf ihn auf. Und ihr anderen haltet hier nicht Maulaffen feil, sondern macht euch an die Arbeit. Es sind noch eine Menge Häuser zu durchsuchen, bis es dunkel wird.«

»Und was geschieht mit dem da?«, fragte einer seiner Männer und deutete auf Tibor.

Barok überlegte einen Moment. »Für einen Gauklerjungen habe ich keine Verwendung«, entschied er dann. »Er hat nichts und es gibt keinen, der für ihn zahlt.«

»Sollen wir ihn töten?«

Barok schwieg einen Augenblick, dann schüttelte er den Kopf. Ein dünnes, böses Lächeln huschte über sein Gesicht. »Wozu so viel Mühe?«, fragte er. »Sie sind doch hergekommen, um zu schlafen, oder? Bringt ihn zurück und bindet ihn gut fest. Heute Abend, wenn die Geister kommen, werden sie die Arbeit für uns tun.«

Die Räuber kommentierten seine Worte mit schallendem Gelächter und schon wenige Augenblicke darauf wurde Tibor von harten Händen gepackt und quer über den Platz zum Gasthaus zurückgeschleift.

Tibor wurde in das Zimmer gebracht, in dem er geschlafen hatte. Seine beiden Bewacher gingen dabei alles andere als sanft mit ihm um. Zu den blauen Flecken, die er schon hatte, gesellten sich weitere hinzu. Er wurde aufs Bett geworfen und so gebunden, dass er nicht einmal einen Finger rühren konnte. Aber selbst dann ließen die beiden Burschen ihn noch nicht allein, sondern begannen sein und Eriks Gepäck auf einen Haufen zu werfen. Das Zimmer wurde aufs Gründlichste durchsucht, wobei sie nichts liegen ließen, was auch nur im Mindesten des Mitnehmens wert schien.

»Erklärt mir wenigstens, was mich erwartet«, sagte Tibor, als die beiden schwer beladen mit den erbeuteten Dingen zur Tür gehen wollten. »Ihr könnt mich doch nicht hier liegen lassen, bis ich verhungert oder verdurstet bin?!«

Einer der beiden ging unbeeindruckt weiter, aber der zweite blieb noch einmal stehen und wandte sich mit einem bösen Lächeln zu ihm um. »Aber nicht doch«, kicherte er. »Wer würde einem so netten Burschen wie dir wohl so etwas antun wollen? Morgen früh, sobald es hell wird, kommen wir zurück und sehen nach dir. Wenn du dann noch da bist«, fügte er hämisch hinzu.

»Was soll das heißen?«, fragte Tibor erschrocken.

Das Grinsen des anderen wurde noch breiter. »Wer wird denn so neugierig sein?«, kicherte er. »Warte einfach ab und du wirst es sehen. Du musst dich nicht einmal sehr lange gedulden. Nur bis es dunkel wird.« Und damit wandte er sich um, wankte unter seiner Last aus dem Zimmer und ließ Tibor endgültig allein.

Tibor blieb weiterhin reglos auf dem Bett liegen, selbst als die Schritte der beiden längst unten im Schankraum verklungen waren. Die Fesseln waren so fest angelegt, dass sie schmerzten, und seine Finger und Zehen begannen schon jetzt zu prickeln, denn die dünnen Lederriemen schnürten ihm das Blut ab. Trotzdem wartete er noch einige Minuten, denn es hätte ihn kaum überrascht, wenn einer der beiden noch einmal zurückgekommen wäre, um sich davon zu überzeugen, dass ihr Gefangener auch wirklich gut gefesselt war.

Erst als vor dem Haus ein zorniges Wiehern und Augenblicke darauf das Geräusch von Hufschlägen laut wurden, ging er daran, seine Fesseln zu lösen; eine Kunst, die ihm wahrlich nicht schwer fiel. Immerhin hatte er den größten Teil seines Lebens bei einer Gaukler- und Artistentruppe verbracht und sich einige Fertigkeiten angeeignet.

Zuerst drehte und wand er sich so lange, bis er auf der Seite lag. Dann zog er die Knie an den Körper, bog gleichzeitig Kopf und Schultern zurück und versuchte mit den Fingern die Absätze seiner Schuhe zu erreichen. Beim dritten Versuch gelang es ihm. Alles andere war zwar sehr langwierig und auch schmerzhaft, aber im Grunde nicht viel mehr als ein Kinderspiel, denn die Fesseln waren wohl sehr fest angelegt, aber nicht besonders fachmännisch. Schon nach wenigen Minuten war es ihm gelungen, die Beine zwischen den zusammengebundenen Händen hindurchzuziehen und so die Arme nach vorn zu bekommen. Kurz darauf saß er aufrecht auf dem Bett und begann mit den Zähnen an den Knoten seiner Fesseln zu zerren.

Er brauchte eine Stunde, seine Hände zu befreien, und weitere zwanzig Minuten, bis er die Finger wenigstens halbwegs wieder bewegen und darangehen konnte, auch die Fußfesseln zu lösen. Langsam stand er auf, begann im Zimmer hin und her zu gehen und wartete darauf, dass das Blut auch in seinen Beinen wieder zu zirkulieren anfing und er richtig gehen konnte. Erst dann trat er auf den Platz hinaus. Natürlich waren sein Pferd und Eriks Maultier so spurlos verschwunden wie die Räuber selbst. Jetzt galt es erst einmal, Erik zu befreien – was sicherlich gar nicht so einfach sein würde. Er durfte nicht den Fehler begehen, die Räuber zu unterschätzen. Das wäre ihm schon einmal fast zum Verhängnis geworden. Aber Tibor hatte auch nicht vor, mit leeren Händen zu den Räubern zurückzukehren.

Mit einem entschlossenen Schritt trat er vom Fenster zurück und in die Schatten hinein.

Das war Tibors großes Geheimnis: genau genommen eins von zwei Geheimnissen, die sein Leben vor einiger Zeit so gründlich verändert hatten.

Es war etwas, was allen anderen wie Magie vorgekommen wäre und wofür auch er niemals eine Erklärung gefunden hatte: Er konnte es einfach. So wie ein anderer eine Tür öffnen und einfach hindurchgehen konnte, vermochte er die Welt des Sichtbaren zu verlassen, wo immer er einen Schatten fand, und diese ebenso beliebig wieder zu betreten – an jedem Ort, an dem er einmal gewesen war.

Doch diesmal war alles anders. Der Anfang war wie immer: Ein Gefühl körperloser Kälte erfasste ihn, dann der Schritt zurück in die Wirklichkeit.

Aber es war nicht die kleine Lichtung drei Tagesritte entfernt, wo er seine Rüstung und die Waffen versteckt hatte, auf der er sich jetzt wiederfand. Es war überhaupt kein Ort, an dem er jemals gewesen war.

Rings um ihn waren nur Schatten, schwarze Schemen, manche wuchtig und starr, andere klein wie flackernde Nebelfetzen. Die Schatten umkreisten ihn, wirbelten schneller

und schneller im Kreis um ihn herum und schienen mit zahllosen gierigen Händen nach ihm zu greifen. Tibor empfand Angst wie niemals zuvor in seinem Leben, ein grässliches, bis auf den Grund seiner Seele reichendes Entsetzen, dessen er sich nicht erwehren konnte.

Und dann war es vorbei. So plötzlich, dass er vor Schreck taumelte und um ein Haar über eine Wurzel gestolpert wäre, fand er sich auf der Lichtung wieder, die sein ursprüngliches Ziel gewesen war.

Zitternd lehnte sich Tibor gegen einen Baum, schloss die Augen und wartete darauf, dass die rasende Angst in seinem Inneren nachließ. Aber sie ließ nicht nach, sondern wurde sogar noch schlimmer. Es waren auch nicht die Schatten, die ihn so ängstigten, sondern etwas anderes, das unsichtbar und lautlos in jener schrecklichen Zwischenwelt gelauert hatte und ihm bis in die Wirklichkeit gefolgt war. Er konnte es jetzt noch fühlen: ein Gefühl körperlicher Bedrohung, das sich wie ein Würgegriff um seine Kehle gelegt hatte.

Was war das?, dachte er entsetzt. Waren das die Geister, von denen die Räuber gesprochen hatten, oder die Schatten jener, deren Hufschlag Erik und er gehört hatten und die im finsteren Reich jenseits der Wirklichkeit vielleicht nur darauf lauerten, hervorzubrechen und die Lebenden zu verderben?

Tibor versuchte die Vorstellung zu verscheuchen, aber es gelang ihm nicht. Seine Gedanken drehten sich wild im Kreis und es dauerte einige Zeit, bis er sich so weit wieder gefasst hatte, dass er seine Sachen aus dem Versteck holen und sich umziehen konnte. Trotzdem zitterten seine Hände immer noch so stark, dass er Mühe hatte, seine Kleidung abzustreifen und in seine Rüstung zu schlüpfen.

Als Tibor sich nach einer Weile aufrichtete und das Schwert in den Gürtel schob, hatte er sich – zumindest äußerlich – vollkommen verändert.

Aus dem zwar groß gewachsenen, aber im Grunde doch recht unscheinbaren Gauklerjungen war ein Ritter in einer strahlend weißen Rüstung geworden, einen gewaltigen dreieckigen Schild am linken Arm und ein blitzendes Schwert an der Seite. Das Wappen von Rabenfels prangte auf Schild und Harnisch und der weiße Federbusch an seinem

Helm wehte hoch im Wind. Tibors Gesicht war unter dem spitzen Visier des Helmes verborgen, das bei genauerem Hinsehen an das Profil eines Raben erinnerte.

Aber es fiel Tibor schwer, sich auf seine bevorstehende Aufgabe zu konzentrieren. Er hatte schon mehr Zeit verloren, als gut war, doch zum allerersten Mal hatte er Angst davor, wieder den Schritt in die Schatten zu tun. Aber es musste sein. Die Macht, die ihm gegeben worden war, war begrenzt. Er konnte nur einen Schatten wählen, den er sah – oder einen Ort, an dem er schon einmal gewesen war.

Tibor raffte das letzte bisschen Mut, das er noch in seinem Inneren fand, zusammen, schloss die Augen – und war mit einem einzigen Schritt wieder in der verlassenen Herberge im Zentrum der namenlosen Stadt.

Nichts hatte sich verändert. Diesmal griffen die unheimlichen Schatten nicht nach ihm und auch das Zimmer lag noch ganz so da, wie er es verlassen hatte. Die Räuber waren offensichtlich nicht zurückgekommen, um noch einmal nach ihm zu sehen. Solange sie nichts von seinem Verschwinden ahnten, hatte er wenigstens noch den Vorteil der

Überraschung auf seiner Seite. Und im Moment konnte er jeden noch so winzigen Vorteil bitter gebrauchen.

Er huschte zum Fenster, überzeugte sich davon, dass der große Platz vor der Herberge nach wie vor leer war, und eilte die Treppe hinunter, so schnell es ihm in der schweren Rüstung überhaupt möglich war. Er wagte es nicht, wieder den Weg durch die Schatten zu nehmen, und so dauerte es fast eine halbe Stunde, ehe er endlich das Tor erreichte und die Stadt verließ.

Tibor atmete erleichtert auf, sobald er die Zugbrücke hinter sich gelassen hatte. Er merkte es erst jetzt: Die ganze Zeit, die er in dieser verlassenen Stadt gewesen war, schien eine unsichtbare Last auf ihm gelegen zu haben; etwas, was ihn am Atmen, ja beinahe am Denken hatte hindern wollen.

Tibor sah sich aufmerksam um. Von den Räubern war noch immer keine Spur zu sehen, aber die Fähre lag wieder am anderen Ufer des Flusses, unweit des kleinen Wäldchens, das Erik und er am Morgen umgangen und in dem zweifellos auch die Räuber ihr Lager aufgeschlagen hatten. Tibor lächelte unter seinem Helm, als ihm klar wurde, welch einfache Erklärung dieses Rätsel gefunden hatte.

Langsam ging er weiter, blieb im Schutz der Uferbüsche stehen und sah sich noch einmal lange und aufmerksam um. Von den Räubern war keine Spur zu sehen. Sicher würden sie erst bei Einbruch der Dämmerung zurückkehren. Sie schienen sich so sicher zu fühlen, dass sie es nicht einmal für nötig zu halten schienen, eine Wache aufzustellen.

Trotzdem wagte es Tibor nicht, die Fähre herüberzuziehen und damit den Fluss zu überqueren. Er hatte mehr als einmal am eigenen Leib zu spüren bekommen, wie schnell sich das Glück rächen konnte, wenn man es überstrapazierte. So wählte er schweren Herzens noch einmal den Weg durch die Schatten und gelangte mit einem einzigen Schritt über den Fluss und an den Waldrand.

Tibor ließ sich im Schutz eines umgestürzten Baumes nieder und lauschte gebannt. Nichts war zu hören als das Rauschen des Windes und des nahen Flusses. Trotzdem blieb er weiter reglos in Deckung und wartete, bis er ganz sicher war, allein zu sein. Erst dann richtete er sich auf, sah noch einmal zur

Stadt zurück und begann geduckt in den Wald zu laufen.

Er fand schnell die Spuren der Räuber. Wie er vermutet hatte, führten sie geradewegs in den Wald hinein. Die Männer hatten sich wahrlich keine besondere Mühe gegeben, vorsichtig zu sein. Auch jemand, der keine Erfahrung im Spurenlesen hatte, hätte den breiten Pfad aus niedergetrampeltem Buschwerk und geknickten Ästen, der ihren Weg markierte, schwerlich übersehen können. Tibor folgte ihm, bis sich das schattige Dunkelgrün vor ihm aufhellte und er gedämpftes Stimmengemurmel hörte. Dann wich er nach Westen aus und umging das Lager, um sich den Räubern von der der Stadt abgewandten Seite zu nähern.

Was er schließlich sah, erschreckte ihn.

Das Lager der Räuber war weitaus größer, als er erwartet hatte. Auf der halbrunden, roh in den Wald geschlagenen Lichtung erhoben sich ein gutes Dutzend Zelte und hastig aus Laub und Zweigen errichtete Hütten. Drei bis zum Bersten beladene vierrädrige Karren bildeten die Südgrenze des Lagers; daneben lag ein gewaltiger Haufen mit unordentlich übereinander geworfenen Beutestücken, die die Räuber wohl aussortiert hatten. Offensichtlich rafften sie in der Stadt alles zusammen, dessen sie habhaft werden konnten, und sortierten erst hier aus, was ihnen des Mitnehmens nicht wert erschien.

Tibor schob sich ein Stück näher an das Lager heran, wobei er sorgsam darauf achtete, dass sich die Zweige des Busches, hinter dem er Deckung gesucht hatte, nicht bewegten. Angestrengt hielt er nach Erik Ausschau und entdeckte ihn schließlich am gegenüberliegenden Ende der Lichtung. Er saß an einen in den Boden gerammten Pflock gefesselt und wurde noch immer von den beiden Burschen bewacht, die ihn hergebracht hatten. Auch die Graustute und Eriks Maultier waren da.

Aber auch fast ein halbes Dutzend von Baroks Männern.

Tibor zerbiss einen Fluch auf den Lippen, als ihm klar wurde, dass es mit der blitzschnellen Befreiung Eriks wohl nichts werden würde. Er konnte allein sechs Räuber ausmachen – und wie viele sich noch in den Zelten und Hütten verbargen, wagte er nicht einmal zu schätzen.

Aber wenn er weiter hier hockte und wartete, bis womöglich noch Barok und die anderen Plünderer zurückkamen, würde an eine Befreiung Eriks überhaupt nicht mehr zu denken sein. Entschlossen richtete er sich auf und zog sein Schwert aus dem Gürtel.

Einer der beiden Räuber, die neben Erik hockten und ihn bewachten, fiel vor Schreck glattweg nach hinten in die Büsche, als Tibor vor ihm buchstäblich aus dem Nichts auftauchte. Der andere schrie auf, sprang hoch und schwang seinen Knüppel.

Tibor schlug ihn mit der flachen Seite seiner Klinge nieder, versetzte dem zweiten einen Hieb mit dem Schwertknauf und fuhr blitzschnell herum. Seine Klinge blitzte auf und zerschnitt Eriks Fesseln, noch bevor hinter ihnen im Lager der erste Schrei erscholl.

Erik sprang keuchend in die Höhe und starrte ihn an. »Wer seid Ihr, Herr?«, stieß er hervor.

Tibor antwortete nicht, sondern deutete mit einer ungeduldigen Geste auf ihre Tiere und fuhr gleichzeitig herum, Schild und Schwert kampfbereit erhoben. Keine Sekunde zu früh, denn die vier anderen Räuber hatten ihre Überraschung schnell überwunden und stürmten mit hoch erhobenen Waffen heran.

Tibor wartete nicht, bis sie ihn erreicht hatten, sondern griff seinerseits an. Noch ehe die Räuber wussten, wie ihnen geschah, war er unter ihnen, schlug dem einen mit voller Wucht den Schild unter das Kinn und versetzte dem zweiten einen tiefen Stich in den Oberarm, dass er mit einem Schrei seine Waffe fallen ließ und sich zu seinem Kameraden auf dem Boden gesellte.

Die beiden anderen Angreifer verließ aufgrund Tibors unerwarteter heftiger Gegenwehr vollends der Mut: Sie schleuderten ihre Keulen davon, fuhren auf dem Absatz herum und suchten ihr Heil in der Flucht. Das Lager war ruhig: Wenn sich in den Zelten und Hütten noch weitere Räuber aufhielten, so mussten sie aus dem Schicksal ihrer Kameraden gelernt und es vorgezogen haben, sich nicht dem Kampf zu stellen. Aber Tibor wusste auch, dass das nicht lange so bleiben würde. Er hatte es einzig dem Überraschungsmoment zu verdanken, dass er die Wegelagerer so leicht hatte überrumpeln können. Wenn sie wieder zu sich kamen und begriffen, dass sie es nur mit einem einzelnen

Mann zu tun hatten, würde es schlecht für ihn aussehen.

Erik starrte Tibor immer noch mit offenem Mund an. Selbst als dieser an ihm vorbeistürmte und mit zwei blitzartigen Hieben die Stricke durchtrennte, die die Graustute und Eriks Maultier hielten, blieb er wie angewurzelt stehen.

Tibor schwang sich in den Sattel, riss sein Pferd mit einer heftigen Bewegung herum und winkte Erik ungeduldig. Zwei der Burschen, die er niedergeschlagen hatte, regten sich bereits wieder und aus einer der Laubhütten drang gedämpfter Lärm.

Endlich erwachte der junge Nordmann aus seiner Erstarrung. Mit ein paar raschen Schritten war er bei seinem Maultier, schwang sich in den Sattel und ließ das Tier antraben. Auch Tibor spornte die Graustute an, und noch ehe die Räuber richtig begriffen, was geschehen war, hatten die beiden die Lichtung verlassen und sprengten nun den gewundenen Waldweg entlang, so rasch es die kurzen Beine von Eriks Maultier zuließen. Erik rief ihm zu anzuhalten, aber Tibor galoppierte stur weiter, bis sie ein gutes Stück vom Lager der Räuber entfernt waren und den Waldrand schon fast wieder erreicht hatten. Erst als Tibor sicher war, dass sie nicht verfolgt wurden, ließ er seine Stute ein wenig langsamer traben, sodass Erik zu ihm aufschließen konnte.

Der junge Nordmann war außer Atem und auch das Fell seines Maulesels glänzte vor Schweiß.

»Bist du verletzt?«, fragte Tibor besorgt.

Erik schüttelte den Kopf. »Nein. Aber wer seid Ihr, Herr, und wieso …« Er sprach nicht weiter, sondern starrte Tibor einen Moment lang aus großen Augen an. »Tibor?«, murmelte er. Seine Stimme bebte vor Unglauben. »Bist … bist du das?«

Statt einer Antwort hob Tibor die Hand an den Helm und klappte mit einem Ruck das Visier nach oben.

Erik stieß einen Schrei der Überraschung aus, aber Tibor ließ ihm gar keine Gelegenheit, irgendetwas weiter zu sagen, sondern deutete mit einer Kopfbewegung in die Richtung, aus der sie gekommen waren.

»Ja«, sagte er. »Ich weiß. Aber bevor du jetzt vor lauter Staunen aus dem Sattel fällst, sollten wir lieber weiterreiten. Deine Freunde werden kaum in aller Ruhe abwarten, bis wir ein gemächliches Schwätzchen gehalten haben.«

Erik nickte wie geistesabwesend und Tibor fragte sich, ob der junge Nordmann seine Worte überhaupt verstanden hatte. Aber Erik folgte ihm, als er seine Stute in Bewegung setzte, ohne noch einmal zu widersprechen.

Sie ritten fast eine Stunde nach Westen, immer am Flussufer entlang und stets so, dass sie das dichte Ufergestrüpp als Deckung nach beiden Seiten hin ausnutzen konnten. Tibor rechnete allerdings nicht ernsthaft damit, verfolgt zu werden. In der kurzen Zeit, die er im Lager verbracht hatte, hatte er bei den Plünderern keine Pferde gesehen. Und Barok würde nach seiner Rückkehr zum Lager die Geschichte eines unbesiegbaren Ritters zu hören bekommen, der wie ein Geist aus dem Nichts erschienen und gleich sechs der Räuber auf einmal besiegt hatte. Tibor bezweifelte, dass Baroks Strauchdiebe den Mut haben würden, sich mit einem Ritter anzulegen.

Trotzdem hielt er erst an, als das Waldstück mit dem Räuberlager nur noch als grüner

Fleck am Horizont auszumachen war. Und jetzt endlich fand Erik auch die Gelegenheit, auf die er seit einer Stunde fiebernd vor Ungeduld wartete: ihn nämlich mit Fragen zu bestürmen.

»Wie hast du das gemacht?«, begann er aufgeregt, kaum dass sie abgesessen und ihre Tiere an einen Strauch angebunden hatten. »Dieser Trick war ja unglaublich! Es sah aus, als wärst du aus dem Nichts erschienen! Und deine Verkleidung! Die Halunken sind glatt darauf hereingefallen und haben es mit der Angst be…«

Er brach mitten im Wort ab, als ihn Tibors Blick traf. Seine Augen wurden groß und rund. »Es … es war kein Trick, nicht wahr?«, hauchte er plötzlich.

Tibor schüttelte den Kopf.

»Und du bist auch nicht verkleidet«, fuhr Erik fort.

Tibor schüttelte abermals den Kopf, schwieg aber noch immer.

»Und du bist auch kein Gauklerjunge«, sagte Erik verlegen. »Ich habe … auch gelogen«, gestand er schließlich nach einer Minute des Schweigens. »Mein Vater ist ein einfacher Seemann und die hundert Krieger habe ich im selben Moment erfunden, in dem ich davon erzählt habe.«

Tibor war kein bisschen überrascht, das zu hören. »Und warum?«, fragte er nur.

»Ach verdammt, ich hatte … einfach Angst!«, rief Erik. »Ich kam nicht auf die Idee, dass sie mich mitnehmen würden, um ein Lösegeld von meinem Vater zu erpressen. Ich hatte Angst, dass sie mich gleich auf der Stelle erschlagen würden.«

»Und wozu sollte das gut sein?«, fragte Tibor. »Sie hätten sich fürchterlich an dir gerächt, wenn sie die Wahrheit herausgefunden hätten.«

»Der Weg nach Norden ist weit«, sagte Erik achselzuckend. »Irgendwo hätte sich eine Gelegenheit zur Flucht ergeben.« Er lächelte, wenn auch schüchtern, und wurde dann ganz plötzlich sehr ernst. »Du bist jetzt sicher sehr wütend auf mich, wie?«, fragte er.

»Eigentlich sollte ich es sein«, antwortete Tibor, fügte aber mit einem halblauten, verzeihenden Seufzer hinzu: »Aber im Grunde kann ich dich sogar verstehen. Auch wenn es nicht besonders klug war.« Er lächelte, streichelte den Hals seines Pferdes und deutete den Weg zurück, den sie am Morgen zuvor gekommen waren. »Sobald es dunkel wird, bringe ich dich zurück«, sagte er. »Eine Wegstunde wird reichen, denke ich. Barok und seine Halsabschneider werden uns sicher nicht verfolgen.«

»Zurück?«, wiederholte Erik misstrauisch. »Was soll das heißen?«

»Willst du etwa hier bleiben?«, fragte Tibor spöttisch.

»Barok hat uns alles gestohlen«, erinnerte Erik. »Unser ganzes Gepäck ist fort und ...«

»Ein paar zerschlissene Decken und ein verbeultes Kochgeschirr«, unterbrach ihn Tibor ungehalten. »Es lohnt nicht, deswegen irgendein Risiko einzugehen.«

»Und warum willst du dann hier bleiben?«, fragte Erik.

»Habe ich gesagt, dass ich das will?«

Erik nickte heftig. »Du hast gemeint, dass du mich zurückbringst, sobald es dunkel wird. Was willst du tun?«

Tibor starrte ihn an. Für einen Moment war er fast versucht, Erik von seinem unheimlichen Erlebnis in der Stadt zu erzählen. Aber er tat es dann doch nicht. »Ich muss noch einmal in die Stadt«, sagte er knapp.

Erik keuchte vor Schreck. »In die Stadt zurück? Bei Nacht? Hast du vergessen, was die Räuber erzählt haben? Und was wir selbst erlebt haben?«

»Nein«, antwortete Tibor. »Gerade darum will ich ja noch einmal zurück.«

»Aber das ist Selbstmord!«, protestierte Erik. »Die Geister werden dich ...«

»Unsinn!«, unterbrach ihn Tibor, der nun langsam wirklich zornig wurde. »Es gibt keine Geister!«

»Und was haben wir dann gehört?«, fragte Erik. »Und was ist mit dieser Stadt und all ihren Bewohnern passiert?«

»Um das herauszufinden, will ich ja noch einmal zurück«, antwortete Tibor.

»Dann komme ich mit«, sagte Erik entschlossen.

Einen Moment lang blickte ihn Tibor sehr ernst an.

Dann schüttelte er den Kopf. »Nein.«

»Doch«, beharrte Erik.

Und dabei sollte es bleiben.

Die Räuber waren längst abgezogen. Tibor und Erik hatten aus dem sicheren Versteck des Ufergebüsches heraus beobachtet, wie sie die Fähre bestiegen und den Fluss überquert hatten, kaum dass sich das erste Grau der Dämmerung am Himmel zeigte. Und Tibor waren auch die angstvollen Blicke nicht entgangen, die die Männer zur Stadt zurückwarfen.

Die Sonne war noch nicht ganz untergegangen, als Erik und er sich durch das Stadttor schlichen und in Richtung Marktplatz gingen. Ein sonderbares graues Licht lag wie regloser Nebel über der sauber gepflasterten Hauptstraße und ganz wie am Morgen glaubte Tibor im Wispern des Windes für einen Moment noch ein anderes Geräusch zu hören: ein leises Flüstern und Raunen, als schliche etwas auf weichen Pfoten durch die Schatten.

»Was hat es nur mit dieser seltsamen Stadt auf sich?«, flüsterte Erik.

»Ich weiß es nicht«, gab Tibor ebenso leise zurück. »Aber wir sind ja hier, um es herauszufinden, nicht wahr?« Er deutete mit einer Kopfbewegung auf das am nächsten liegende Haus. »Komm. Sehen wir uns dort drinnen um.«

Erik widersprach nicht. Trotz der unheimlichen Schatten, die das Haus wie alle anderen erfüllte, schien Erik froh zu sein, von der Straße wegzukommen.

Ein Schwall abgestandener, nach Staub riechender Luft schlug ihnen entgegen, als sie das niedrige Gebäude betraten. Tibor widerstand im letzten Moment der Versuchung, das Schwert vorsichtshalber aus dem Gürtel zu ziehen, ließ die Hand jedoch auf dem Knauf der Waffe liegen und gebot Erik mit einer Geste, hinter ihm zu bleiben.

Irgendetwas stimmte hier nicht, das spürte er ganz genau. Das Haus bestand aus einem einzigen, großen Raum, sodass er sich auf den ersten Blick davon überzeugen konnte, allein zu sein.

Und trotzdem musste jemand hier sein. Tibor konnte es genau spüren. Er hatte das gleiche Gefühl, das einen Blinden die Anwesenheit einer anderen Person erahnen lässt.

»Das … das ist Zauberei«, flüsterte Erik neben ihm. Er musste das Unheimliche, das sich wie ein übler Geruch im Zimmer ausgebreitet hatte, so deutlich spüren wie Tibor. Sein Blick wanderte unstet durch den Raum. Durch die Fenster fielen die blassen Strahlen des silbernen Mondlichts herein, sodass sie trotz allem ausreichend sehen konnten. Aber da war nichts außer ein paar ärmlichen Möbeln, einem umgestürzten Korb – und den Schatten, die wie schemenhafte Gestalten in den Ecken hockten.

Wenn man lange genug hinsah, dann schienen sie sich zu bewegen, sich sanft zu wiegen, zusammenzuziehen und wieder auszudehnen … Fast so, dachte Tibor schaudernd, als atmeten sie …

»Ich will hier weg!«, keuchte Erik plötzlich. In seiner Stimme war ein deutlicher Unterton aufsteigender Panik. Und auch Tibor spürte eine immer stärker werdende Furcht; eine Art von Furcht, gegen die er vollkommen wehrlos war.

Aber noch bevor er antworten konnte, fuhr Erik mit einem nur halb unterdrückten Schrei zusammen und deutete mit einer erschrockenen Geste zur Tür.

Tibor gebot ihm zu schweigen, schob ihn beiseite und zog sein Schwert. Das leise Scharren, mit dem die Klinge aus ihrer Hülle fuhr, kam ihm in der Stille des abgedunkelten Zimmers übermäßig laut vor – wie ein Schrei, der noch auf der anderen Seite der Stadt zu hören sein musste.

Gebannt lauschte er. Schritte durchdrangen die Stille der Nacht, sehr schnelle, hastige Schritte, die rasch näher kamen. Die Schritte von drei, vielleicht auch mehr Männern, schätzte Tibor.

Vorsichtig und genau darauf achtend, im Schatten der Tür zu bleiben, schob sich Tibor vor und spähte auf die Straße hinaus.

Im ersten Moment sah er nichts, obgleich er jetzt auch die aufgeregten Stimmen von mindestens zwei Männern hören konnte. Abermals fühlte er sich auf sehr unangenehme Weise an ihr unheimliches Erlebnis vom Nachmittag erinnert. Aber dann erschien ein Schatten am Ende der Straße, gleich darauf ein zweiter, dritter und vierter und Tibor registrierte erleichtert, dass sie es diesmal mit wirklichen, lebenden Menschen zu tun hatten.

Die Männer kamen schnell näher und Tibor sah jetzt, dass sie nichts anderes als eine Verfolgungsjagd beobachteten, bei der ein Mann von den drei anderen erbarmungslos gehetzt wurde. Instinktiv ergriff er sofort Partei für den Verfolgten. Aber er war klug genug, sich nicht einzumischen, sondern wich einen Schritt ins Haus zurück, um aus sicherer Deckung heraus zuzusehen, was weiter geschah.

Die drei Verfolger holten ihr Opfer ein, ehe es die Hälfte der Straße überwunden hatte. Für einen Moment verschmolzen die vier Männer zu einem einzigen Knäuel. Aber es war nur ein kurzes Gerangel, dann hatten die Männer den Flüchtenden überwältigt und zerrten ihn grob auf die Füße. In dem Augenblick riss die Wolkendecke auf und das Gesicht des Mannes war im silbernen Mondlicht so deutlich zu erkennen, als stünde Tibor ihm direkt gegenüber. Es war ein Gesicht, das er nur zu gut kannte.

»Wolff!«, entfuhr es Tibor.

Erik zuckte zusammen, packte ihn an den

Schultern und legte den Zeigefinger auf die Lippen.

»Bist du wahnsinnig?«, keuchte er entsetzt. »Willst du, dass sie uns hören?«

Tibor verstummte schuldbewusst. Tatsächlich blickte einer der Männer auf und sah aufmerksam in die Runde, aber nur für einen Moment. Dann zuckte er mit den Achseln, wandte sich wieder um und versetzte seinem Gefangenen einen Stoß, der ihn die Straße hinuntertaumeln ließ. Der Anblick löste eine Woge heißen Zornes in Tibor aus. Abermals musste ihn Erik mit Gewalt ins Haus zurückzerren, um zu verhindern, dass er einfach hinter den Männern dreinstürmte und sich auf sie warf. Erst als die kleine Gruppe wieder hinter der Straßenbiegung verschwunden war, beruhigte sich Tibor so weit, dass Erik ihn losließ.

»Was zum Teufel ist in dich gefahren?«, fragte der junge Nordmann zornig. »Willst du uns beide umbringen?«

Tibor antwortete nicht, sondern versuchte Erik beiseite zu schieben, aber der hünenhaft gebaute Nordmann vertrat ihm mit einem hastigen Schritt den Weg und verschränkte die Arme vor der Brust. Tibor hob wütend sein Schwert, aber Erik schien ganz genau zu wissen, dass er von der Waffe keinen Gebrauch machen würde.

»Zum Teufel, geh aus dem Weg!«, fauchte Tibor. »Ich muss hinterher!«

»Fällt mir nicht ein«, meinte Erik störrisch. »Zuerst wirst du mir sagen, was hier gespielt wird. Verdammt noch mal, ich habe ja wohl ein Recht darauf, zu erfahren, wer diese Männer sind, wenn du mich schon durch eine Stadt voller Geister und unheimlicher Geräusche schleifst!«

»Du bist freiwillig mitgekommen«, sagte Tibor zornig. »Sogar gegen meinen Willen!« Wieder versuchte er Erik zur Seite zu schieben, aber der stand wie ein Fels.

»Du kennst diese Männer«, behauptete Erik.

Tibor seufzte. Seine Chancen, Wolff noch einzuholen, schwanden mit jedem Augenblick mehr dahin, aber so wie es aussah, blieb ihm wohl nur die Wahl, Erik entweder niederzuschlagen oder ihm Rede und Antwort zu stehen.

»Einen von ihnen, ja«, gestand er. »Den, den sie gejagt haben.«

»Und jetzt willst du ihn befreien«, vermutete Erik. »Die anderen waren bewaffnet, wenn ich richtig gesehen habe.«

»Wolff ist ein Freund von mir«, sagte Tibor ungeduldig. Aber Erik gab den Weg noch immer nicht frei.

»Die Männer trugen Waffen und Kettenhemden«, beharrte er. »Du riskierst dein Leben, wenn du ihnen folgst und deinen Freund zu befreien versuchst!«

Tibor funkelte den um anderthalb Haupteslängen größeren Nordmann zornig an. »So, glaubst du?«, fragte er spitz. »Vielleicht hast du Recht, Erik. Vielleicht hättest du mir dasselbe sagen sollen, als ich heute Mittag ins Lager der Räuber kam und mich gleich mit sechs von Baroks Männern angelegt habe, um dich zu befreien!«

Auf Eriks Gesicht erschien ein betroffener Ausdruck. Er sagte kein Wort. Aber er hielt Tibor nicht mehr länger zurück, als er an ihm vorbei und in die Richtung stürmte, in der Wolff und die drei Krieger verschwunden waren.

Einen Augenblick später folgte er ihm.

Es dauerte nicht lange, bis sie Wolff und seine Bewacher eingeholt hatten. Aber Tibors Vorhaben, den Vorteil der Überraschung auszunutzen und seinen Freund mit ein paar beherzten Hieben im wahrsten Sinne des Wortes herauszuhauen, erwies sich als undurchführbar. Die drei Männer waren nicht allein gewesen. Als Tibor und Erik das Ende der Straße erreichten und die Männer als dunkle Schatten vor sich sahen, war ihre Zahl schon auf mehr als das Doppelte angewachsen und ihnen blieb gerade noch Zeit genug, in eine Lücke zwischen zwei Häusern zu huschen, als hinter ihnen Hufschlag aufklang und ein gutes Dutzend Berittener die Straße entlanggesprengt kam.

Tibors Herz schien mit einem schmerzhaften Sprung direkt bis in seinen Hals hinaufzuhüpfen, als er den Reiter an der Spitze der kleinen Gruppe erkannte. Er war sehr groß, trug Kettenhemd und -hose und darüber einen Umhang in der Farbe der Nacht. Auf dem blutroten Schild, der an seinem Sattelgurt hing, prangte ein groß gezeichneter Wolf mit gierig aufgerissenem Rachen und die rechte Wange des Reiters war von einer schrecklichen Narbe gezeichnet.

»Resnec!«, entfuhr es Tibor entsetzt. Es bestand kein Zweifel, der riesige Reiter war kein anderer als Resnec, der finstere Zauberer und Herr der Wölfe, mit dem er schon einmal zusammengetroffen war!

Mit klopfendem Herzen und angehaltenem Atem wartete Tibor, bis der letzte Reiter an ihrem Versteck vorübergaloppiert war. Dann gebot er Erik mit einer Handbewegung zurückzubleiben und schob sich behutsam an der Wand entlang. Jeder einzelne seiner Nerven schien bis zum Zerreißen angespannt, als er um die Ecke lugte.

Resnecs Reiter hatten angehalten und einen weiten Kreis um Wolff und die mittlerweile sechs Männer gebildet, die ihn bewachten.

Der Zauberer selbst war aus dem Sattel

gesprungen und auf Wolff zugetreten. Einen Moment lang starrte er ihn nur an, ohne ein Wort zu sprechen, dann hob er die Hand und versetzte Wolff eine schallende Ohrfeige.

Tibors Hand umschloss fester den Schwertgriff. Für einen Augenblick glaubte er den brennenden Schmerz selbst auf der Wange zu spüren und abermals schoss eine Woge heißen Zornes in ihm hoch. Aber er beherrschte sich. Es wäre Selbstmord, jetzt sein Versteck zu verlassen.

»Verdammter Narr«, hörte er Resnec in diesem Moment sagen. »Ich hätte dich gleich töten lassen sollen, wie ich es vorhatte.« Die Worte galten Wolff, der unter seinem Hieb zurückgetaumelt war, jedoch nicht den mindesten Laut hören ließ, sondern den Magier nur hasserfüllt anstarrte.

»Du hast mir eine Menge Ärger bereitet«, fuhr Resnec fort. »Die Hälfte meiner Krieger hat die Stadt durchsucht, um dich wieder zu finden. Was hast du wohl geglaubt erreichen zu können? Wolltest du diese Narren dort draußen warnen?« Er wies mit einer zornigen Geste in die Richtung, in der die Stadtmauer lag, und lachte meckernd. Es war ein Laut, der Tibor einen eisigen Schauer über den Rücken laufen ließ. »Was denkst du wohl, was es genutzt hätte?«, fuhr er fort. »Und wer hätte dir wohl geglaubt? Aber du sollst deinen närrischen Freunden Gesellschaft leisten, wenn es dich so zu ihnen hinzieht!« Er machte eine befehlende Geste zu den Männern, die Wolff hielten. »Bringt ihn zur Burg zurück«, fauchte er. »Und achtet darauf, dass ihm kein Haar gekrümmt wird. Schließlich soll er unbeschadet bei seinen Freunden ankommen.« Er lachte wieder dieses schreckliche meckernde Lachen, fuhr mit einer abrupten Bewegung herum und schwang sich in den Sattel. Ohne ein weiteres Wort riss er sein Pferd herum und sprengte los, gefolgt von den anderen Reitern, während Wolff und seine sechs Bewacher sich in entgegengesetzter Richtung fortbewegten.

»Komm!«, flüsterte Tibor Erik zu, der inzwischen herangekommen war. »Wir dürfen sie nicht aus den Augen verlieren!«

Erik runzelte besorgt die Stirn. »Sie sind zu sechst!«, warnte er. »Und du hast gehört, was ihr Anführer gesagt hat. Wahrscheinlich sind noch mehr in der Nähe. Ein Angriff wäre Selbstmord. Ich habe nicht einmal eine Waffe!«

»Ich weiß«, antwortete Tibor düster. »Wir müssen eine bessere Gelegenheit abwarten.«

Dem Ausdruck auf Eriks Zügen nach zu schließen fand er wenig Gefallen an dieser Idee. Aber er widersprach nicht mehr, sondern erhob sich aus seiner Deckung, warf einen raschen Blick über die Schulter zurück und huschte geduckt hinter Tibor her.

Tibor indes hatte alle Mühe, sich überhaupt auf die Schritte der Männer vor ihnen zu konzentrieren. Hinter seiner Stirn tobte ein wahres Chaos einander widerstrebender Gefühle und Gedanken: Schrecken, Furcht, Zorn, Verwirrung – am meisten Verwirrung. Es war noch nicht lange her, dass er dem Herrn der Wölfe das erste Mal begegnet war, ungefähr zum selben Zeitpunkt, an dem er seine wahre Herkunft entdeckt und an dem sein Leben eine so drastische Wendung genommen hatte. Und die Welt war einfach zu groß, als dass dieses neuerliche Zusammentreffen ein Zufall sein konnte.

Und hatte Resnec ihm nicht selbst prophezeit – genauer gesagt, ihm damit gedroht –, dass sie einander wieder sehen würden?

Tibor schüttelte den Gedanken mühsam ab und konzentrierte sich auf das Echo der

Schritte vor sich. Der Abstand zwischen ihnen und Wolffs Bewachern war so groß, dass die Männer nur noch als dunkle Schemen zu erkennen waren, und Erik und er bewegten sich im Schatten der Häuser, sodass keine Gefahr bestand, gesehen zu werden. Aber Resnec war ein Zauberer, und wo schwarze Magie im Spiel war, mochte auch das Unmögliche möglich werden.

Die Burg ragte wie eine zornig geballte Faust in die Nacht empor. Obwohl sie ihr sehr nahe gekommen waren, vermochte Tibor keinerlei Einzelheiten zu erkennen; sie war nur ein Schemen, ein gigantischer schwarzer Umriss ohne Tiefe, als wäre ein Stück der Nacht zu finsterem Fels geronnen und hätte die Wirklichkeit verschlungen. Es war ein unheimlicher Anblick. Umso mehr als es diese Burg gar nicht geben durfte.

Tibor hatte während des Tages mehr als einmal über die Stadt geblickt. Er hätte die Burg sehen müssen, so groß und gewaltig, wie sie war. Aber sie war nicht da gewesen. Er war vollkommen sicher. Und jetzt lag sie vor ihnen, nicht einmal dreißig Schritte entfernt.

Er verstand einfach nicht, was in dieser

Stadt vor sich ging. Aber im Moment hatten sie auch andere Sorgen.

Weit länger als eine Stunde waren sie Wolff und seinen Bewachern durch die Stadt gefolgt. Die Zahl der Krieger, die den jungen Ritter begleiteten, war auf mehr als ein Dutzend angewachsen und Tibors Hoffnung, Wolff doch noch befreien zu können, schwand immer mehr.

Innerlich verfluchte er sich dafür, nicht sofort eingegriffen zu haben.

Erik deutete mit einer stummen Handbewegung zur Burg hinüber. Hinter einem der schmalen, vergitterten Fenster neben dem Tor war das rötliche Flackern einer Fackel erschienen; Augenblicke darauf durchdrang ein helles, rostiges Quietschen die Stille der Nacht. Das gewaltige Fallgatter vor dem Tor wurde in die Höhe gezogen. Ein Teil der Reiter setzte sich in Bewegung, Wolff mit groben Stößen vor sich herschiebend. Aber sie hatten das Tor noch nicht ganz erreicht, als aus einer Gasse hinter ihnen ein scharfer Ruf erscholl, einen Augenblick später gefolgt von rasendem Hufschlag eines Pferdes. Ein Reiter tauchte aus der Nacht auf, sprengte auf das Tor und die Krieger zu und brachte sein Tier mit einem harten Ruck zum Stehen. Er und die Männer wechselten einige rasche Worte. Tibor konnte nicht verstehen, was gesprochen wurde, aber die Stimmen klangen sehr aufgeregt. Als der Reiter nach ein paar Augenblicken sein Pferd herumdrehte und wieder davonsprengte, folgte ihm fast die Hälfte der Männer. Nur zwei von Resnecs Kriegern blieben zurück, um Wolff in die Burg zu geleiten.

»Los!«, rief Tibor. »Jetzt oder nie!« Er wartete nicht, ob und wie Erik auf seine Worte reagierte, sondern sprang hoch, zog seine Waffe aus dem Gürtel und rannte los, so schnell er konnte. Als Tibor Wolff und seine beiden Begleiter eingeholt hatte, hatten sie das mächtige Torgewölbe der Burg schon hinter sich.

Es war beinahe zu leicht. Tibor packte einen der Krieger an der Schulter, riss ihn herum und schmetterte ihn so wuchtig gegen die Wand, dass er benommen in sich zusammensackte. Der zweite begriff die Gefahr einen Sekundenbruchteil rascher als sein Kamerad und versuchte sein Schwert zu ziehen. Tibor schlug seinen Arm beiseite, brachte ihn mit einem harten Ruck aus dem Gleichgewicht und schlug ihm den Schwertknauf gegen die Schläfe, dass er bewusstlos zusammenbrach.

Aber der plötzliche Überfall, so lautlos und schnell er vonstatten gegangen war, war bemerkt worden. Aus dem Inneren der Burg erscholl ein gellender Schrei, und als Tibor herumfuhr und mit einem raschen Schnitt Wolffs Fesseln durchtrennte, waren bereits hastige Schritte hinter ihnen zu vernehmen.

Wolff starrte Tibor aus großen Augen an und schien überhaupt nicht zu begreifen, was geschah. Aber Tibor riss ihn an der Schulter herum und versetzte ihm einen Stoß, der ihn auf das hochgezogene Fallgatter zutaumeln ließ.

Die Schritte und das Rufen kamen näher und plötzlich flog ein Speer an ihnen vorüber, so dicht, dass sie den Luftzug spürten. Tibor packte nun Wolff bei der Hand, rannte schneller und zerrte ihn einfach mit sich.

Als sie noch zwei, drei Schritte vom Ende des Torgewölbes entfernt waren, erscholl irgendwo in der Dunkelheit über ihnen ein heller, peitschender Laut, gefolgt vom lauten Rasseln einer Kette. Tibor zuckte zusammen, als er sah, wie das riesige Fallgatter herabzustürzen begann. Er warf sich nach vorn und versetzte gleichzeitig Wolff einen Stoß, der ihn unter dem herunterrasselnden Gitter ins Freie taumeln ließ. Wolff schaffte es gerade noch. Tibors Fuß allerdings verfing sich in einer Kante des groben Kopfsteinpflasters. Er strauchelte, kippte im vollen Lauf nach vorne, versuchte wild mit den Armen rudernd sein Gleichgewicht wieder zu finden – und stürzte der Länge nach zu Boden. Wolff schrie entsetzt auf. Irgendetwas quietschte und rasselte ganz fürchterlich, und als sich Tibor mit einer fast verzweifelten Bewegung auf den Rücken drehte, sah er die rostigen Zinken des Fallgatters wie die Zähne eines gewaltigen Eisengebisses auf sich herabfallen.

Aber der tödliche Schmerz, auf den er wartete, kam nicht. Plötzlich stand eine hünenhafte Gestalt mit rotem Haar über ihm, suchte mit weit gespreizten Beinen nach sicherem Halt auf dem feuchten Boden und griff mit beiden Händen in das herabstürzende Gitter.

Ein ungeheurer Ruck ging durch Eriks Leib. Der junge Nordmann schrie auf. Tibor glaubte die furchtbare Erschütterung in den eigenen Knochen zu fühlen, als Erik das niederstürzende Gatter mit der Kraft seiner gewaltigen Muskeln auffing. Und für einen Moment des Schreckens sah es ganz so aus, als reichten seine Kräfte nicht aus, Tibor davor zu bewahren, aufgespießt zu werden. Aber Erik schaffte es doch. Zwei Fingerbreit vor Tibors hochgeklapptem Visier kamen die rostigen Eisenzähne des Gitters zitternd zum Stehen.

Tibor blieb mit angehaltenem Atem liegen und starrte die rostigen Eisenzähne an, die direkt auf sein Gesicht deuteten. Selbst sein Herz schien in diesem Moment nicht mehr zu schlagen.

»Zum Teufel, worauf wartest du?«, keuchte Erik. Seine Stimme war verzerrt vor Anstrengung und es war ein Zittern darin, das Tibor augenblicklich aus seiner Erstarrung hochschrecken und hastig unter dem Gitter hervorkriechen ließ. Er hatte kaum Zeit, die Knie an den Leib zu ziehen, da krachte das Tor vollends herunter.

Erik wankte mit einem erleichterten Keuchen zurück, blieb einen Moment stehen und rang mühsam nach Atem, während sich Tibor zitternd auf Hände und Knie hochstemmte.

Hinter ihnen erscholl ein Chor wütender Schreie.

Tibor sprang auf, sah sich hastig nach allen Seiten um und deutete mit einer schnellen Kopfbewegung auf die Straße, aus der Erik und er gekommen waren.

»Los! Nichts wie weg hier!«

Aber sie waren noch lange nicht in Sicherheit. Hinter ihnen begann die Kette ein zweites Mal zu quietschen und sie hatten die Gasse kaum erreicht, da begann der Platz unter den hastigen Schritten von mehr als einem Dutzend Männern zu dröhnen. Ein Pfeil zischte heran, verfehlte Tibor um Haaresbreite und zerbrach klappernd auf dem Pflaster. Dann boten die Schatten der schmalen Gasse ihnen so weit Schutz, dass sie keine lebenden Zielscheiben mehr abgaben.

Tibor blieb einen Moment stehen, schob sein Schwert in die Scheide zurück und warf Wolff einen fragenden Blick zu, der mit einer raschen Geste nach Süden zur Stadtmauer hin deutete. »Egal! Nur weg hier! In einer Minute wird es hier von Resnecs Häschern wimmeln!«

Sie hetzten weiter. Verfolgt von den trappelnden Schritten und dem Schreien der Verfolger, jagten sie eine weite Gasse entlang, über eine Mauer und einen mit Kisten und leeren Bastkörben übersäten Hinterhof und kletterten über eine weitere Mauer. Tibor verlor schon nach kurzer Zeit hoffnungslos die Orientierung. Bald wusste er nicht einmal mehr zu sagen, in welche Richtung sie liefen. Aber im Grunde spielte das auch keine Rolle, die Hauptsache war, Resnecs Männer allmählich abzuschütteln. Schließlich verklangen die Schritte der Verfolger, sodass Erik, Wolff und er es wagen konnten, einen Moment stehen zu bleiben und Atem zu schöpfen.

»Bei allem, was recht ist«, sagte Wolff schwer atmend, »ihr hättet keinen Augenblick später kommen dürfen. Wenn die Burschen mich erst einmal in ihrer Burg gehabt hätten, hätte es verdammt schlecht ausgesehen.«

Tibor blickte ihn an, hin- und hergerissen zwischen Erleichterung, Freude und Verwirrung über Wolffs Worte. »Du hast … eine sonderbare Art, ›danke‹ zu sagen«, bemerkte er keuchend.

Wolff grinste, wenn auch so erschöpft und atemlos, dass eher eine Grimasse daraus wurde. »Wieso danke?«, fragte er. »Wozu habe ich dir wohl dazu verholfen, Ritter zu werden, wenn nicht, damit du den Armen und Bedrängten hilfst? Ich dachte schon, du kommst überhaupt nicht mehr.« Er lachte, wischte sich mit dem Handrücken den Schweiß von der Stirn und legte Tibor dankbar die Hand auf die Schulter. »Ich danke dir, Tibor von Rabenfels«, sprach er übertrieben theatralisch und fügte zu Erik gewandt hinzu: »Und auch dir. Wenn ihr nicht gekommen wäret, hätte ich den nächsten Morgen wohl nicht mehr erlebt.«

»Und das wird auch so bleiben, wenn wir noch lange hier herumstehen und reden«, meinte Erik ungeduldig. »Kennst du den Weg aus der Stadt hinaus?«

»Ich kenne den Weg«, antwortete Wolff. »Aber das wird uns nichts nutzen. Solange es dunkel ist, werden sie jeden Fußbreit Boden vor dem Stadttor beobachten. Ich habe versucht zu fliehen. Ihr habt gesehen, wie weit ich gekommen bin. Resnec hat Hunderte von Kriegern.« Er schüttelte zornig den Kopf. »Nein. Wir müssen warten, bis es hell wird.«

»Warum?«, fragte Erik unwillig. »Hat er dann weniger Männer?«

»Ganz recht«, antwortete Wolff ernst. »Nicht viel mehr als ein Dutzend.«

Erik starrte ihn fassungslos an, aber Tibor gab ihm keine Gelegenheit, eine weitere Frage zu stellen, sondern deutete mit einer Kopfbewegung tiefer in die finstere Gasse hinein, in der sie standen. »Unterhalten wir uns später darüber«, sagte er. »Jetzt sollten wir uns erst einmal ein Versteck für den Rest der Nacht suchen. Es sind noch viele Stunden, bis die Sonne aufgeht.«

Sie brauchten nicht lange, ein geeignetes Versteck zu finden: Letztendlich bestand die ganze Stadt aus nichts anderem als aus leer stehenden Häusern, von denen einige eine beachtliche Größe aufwiesen. Selbst mit Tausenden von Männern konnte Resnec sie unmöglich alle in einer Nacht durchsuchen. Trotzdem bestand Wolff darauf, ein Haus mit mehreren Ausgängen zu suchen, aus dem man zudem die umliegenden Straßen gut überblicken konnte, ohne selbst gesehen zu werden.

Tibor fand diese Vorsichtsmaßnahme übertrieben. Andererseits war Resnec nicht unbedingt auf sichtbare Spuren angewiesen, um sie zu finden, und Wolff würde wohl wissen, was er tat. So widersprach er nicht.

»Und nun erzähle«, begann Wolff aufgeregt, kaum dass sie im zweiten Stockwerk des Hauses angelangt waren. »Wie kommst du hierher? Wer ist dein Freund und wie ist es dir ergangen, seit du Burg Rabenfels verlassen hast?«

Tibor hob abwehrend die Hände, um Wolffs Redefluss zu unterbrechen, denn es sah nicht danach aus, als würde sich der junge Ritter mit diesen vier Fragen zufrieden geben.

»Immer der Reihe nach, Wolff«, sagte er. »Was deine beiden ersten Fragen angeht, sie sind rasch beantwortet: Erik und ich haben uns zufällig getroffen, vor wenigen Tagen. Und wir sind ebenso zufällig hierher gekommen, gestern Morgen, bei Sonnenaufgang.«

Wolff zog eine Grimasse. »Zufällig?«, wiederholte er mit sonderbarer Betonung. »Das glaubst du!«

»Wenn du so schlau bist«, mischte sich Erik ein, »dann erkläre uns doch, was das alles hier zu bedeuten hat!« Er machte eine weit ausholende, zornige Handbewegung, die die ganze Stadt einschloss. »Woher kommen die Ritter? Wieso ist die Stadt leer und was hat es mit diesen so genannten Gespenstern auf sich?«

Tibor warf dem jungen Nordmann einen raschen, mahnenden Blick zu, der ihn auch tatsächlich zum Verstummen brachte, wandte sich aber gleich darauf mit einem auffordernden Kopfnicken an Wolff. »Nun?«

Wolff zögerte. Er wich Tibors Blick aus. »Alles weiß ich auch nicht«, begann er schließlich. »Aber was ich weiß, ist schlimm genug. Du hättest Resnec töten sollen, als du die Gelegenheit dazu hattest.«

»Ich töte niemals einen Menschen«, sagte Tibor ernst. »Das weißt du.«

Wolff seufzte, lehnte sich mit vor der Brust verschränkten Armen gegen die Wand und blickte aus dem Fenster, während er mit sehr leiser, irgendwie traurig klingender Stimme zu erzählen begann: »Alles wandte sich zum Guten, nachdem Resnec und seine Mörderbande vertrieben waren. Aus den geknechteten Sklaven, in die Resnec die Untertanen deines Vaters verwandelt hatte, wurde wieder ein stolzes, freies Volk. Der Name Rabenfels steht heute wieder für Begriffe wie Mut und Freiheitssinn.«

»Wozu braucht ihr dann mich?«, fragte Tibor.

Wolff schnaubte. »Eine Burg braucht ihren Herrn«, sagte er beinahe wütend. »Und wozu braucht wohl ein Volk seinen König? Zum Beispiel um es vor Gefahren zu schützen.«

»Soll das heißen, Resnec ist wiedergekommen?«, fragte Tibor erschrocken.

»Nach Rabenfels?« Wolff schüttelte heftig den Kopf. »Nein. Er hat sich die Finger so gründlich verbrannt, dass er für den Rest seines Lebens einen Bogen um Rabenfels machen wird. Seine Macht fußt auf Angst und Terror und das Volk von Rabenfels hat keine Angst mehr vor ihm. Er würde in Stücke gerissen, würde er sich noch einmal innerhalb unserer Grenzen blicken lassen, trotz seiner schwarzen Magie.« Er ballte zornig die Faust. »Nein, Rabenfels ist nicht in Gefahr. Aber ich hörte von ihm, bald nachdem du gegangen bist. Es hieß, er wäre in einem kleinen Königreich im Norden aufgetaucht und hätte sich das Vertrauen des dortigen Herrschers erschlichen, der ein böser und habsüchtiger Mann war.«

»Und du bist natürlich sofort dorthin geritten«, vermutete Tibor.

»Natürlich«, bestätigte Wolff. »Du warst ja noch nicht da, um das zu tun. Ich ritt hin, aber ich kam zu spät. Die Herrscher der benachbarten Länder hatten ein Heer aufgestellt und die Burg geschleift.« Er lachte, sehr leise und sehr bitter. »Der König, zu dem sich Resnec geflüchtet hatte, war ihnen schon lange ein Dorn im Auge. Er muss wohl gehofft haben, mit Resnecs Hilfe so stark zu werden, dass niemand mehr einen Angriff auf ihn wagen würde. Aber es kam genau andersherum. Resnecs Erscheinen war ihnen ein willkommener Anlass, einen Krieg vom Zaun zu brechen und seine Burg dem Erdboden gleichzumachen. Als ich kam, war alles vorbei, doch es muss schrecklich gewesen sein. Ich sah Hunderte von Toten und dabei war das Schlimmste schon vorüber.«

Er sprach nicht weiter und für einen Moment breitete sich ein beinahe bedrückendes, tiefes Schweigen in dem kleinen Zimmer aus. Tibor versuchte sich dagegen zu wehren, aber gegen seinen Willen glaubte er für einen Moment den Schlachtenlärm zu hören, das fürchterliche Krachen und Bersten aufeinander prallender Heere, das Schreien der Verwundeten und Sterbenden, das Dröhnen zahlloser beschlagener Hufe, das boshafte Sirren der Pfeile …

Er schloss die Augen und versuchte die Vorstellung mit Gewalt aus seinen Gedanken zu verdrängen, aber es gelang ihm nicht. Es gab eine Seite des Ritterlebens, die er hasste; obwohl er sie in dieser Form noch gar nicht kennen gelernt hatte.

»Das ist … schlimm«, sagte Erik stockend. »Aber was hat das alles mit dieser Stadt zu tun?«

»Viel«, antwortete Wolff, »wenn nicht alles. Die Burg fiel, aber Resnec entkam, zusammen mit fast dreihundert Kriegern, denen er mit seiner Zauberkraft seinen Willen aufgezwungen hat.«

»Und er kam hierher?«, fragte Tibor zweifelnd. »Mit dreihundert Kriegern? Das ist unmöglich! Nicht einmal Resnec kann mit so vielen Menschen durch die Schatten gehen, ohne sich selbst aufzuzehren!«

Wolff nickte anerkennend. »Du hast dazugelernt. Und du hast Recht. Auch er konnte es nicht. Nicht ohne Hilfe, meine ich.«

»Was soll das heißen?«, mischte sich Erik ein. »Durch die Schatten gehen?« Er sah abwechselnd Tibor und Wolff an. »Soll das heißen, dass dieser Kerl denselben Trick beherrscht wie du?«

Tibor nickte. »Ja. Und ich fürchte, noch eine ganze Menge mehr.« Er wandte sich wieder an Wolff. »Sprich weiter.«

»Es dauerte lange, bis ich die Wahrheit herausfand«, sagte Wolff. »Aber es war wohl so: Resnec ging nicht durch Zufall ausgerechnet zu dieser Burg. Es heißt, dass ihr Herrscher schon Experimente mit Zauberei und schwarzer Magie anstellte, lange bevor Resnec zu ihm kam. Er war im Besitz eines mächtigen magischen Gegenstandes, wusste aber nichts damit anzufangen.«

»Und Resnec hat ihn sich unter den Nagel gerissen«, vermutete Erik.

Tibor sah erstaunt auf. »Für jemanden, der nicht an Zauberei glaubt, denkst du erstaunlich gut mit.«

Erik grinste. »Das kommt dir nur so vor«, sagte er. »Weißt du, ich bin ziemlich sicher, dass das alles hier nicht wahr ist. In Wirklichkeit habe ich wohl von den Räubern eins über den Schädel bekommen und liege jetzt in irgendeiner Ecke und fantasiere.«

Sie lachten alle und es war ein sonderbar befreiendes, wohltuendes Lachen, das sie für wenige Momente sogar die Ausweglosigkeit ihrer Lage vergessen ließ. Aber es hielt nicht sehr lange an und das Schweigen, das ihm folgte, war fast noch schlimmer als die Stille zuvor.

»Und weiter?«, fragte Tibor.

Wolff zuckte die Achseln. »Es gibt nicht viel mehr zu erzählen«, sagte er betrübt. »Ich folgte seiner Spur, kam hierher und wurde gefangen, kaum dass ich meine Nase in diese Stadt gesteckt hatte. Ich weiß nicht, was mit den Menschen hier geschehen ist.«

»Und dieses magische Zeichen?«, fragte Erik. »Dieser Gegenstand, von dem du gesprochen hast?«

»Ein Netz«, sagte Wolff. »Es sieht aus wie ein Spinnennetz, nicht größer als meine Hand und ganz aus Silber. Resnec bewahrt es in der Burg auf, in seinem Thronsaal. Er zeigte es mir, als mich seine Häscher fingen und zu ihm brachten.«

»Und das ist alles?«, fragte Tibor sichtlich enttäuscht, als Wolff nicht weitersprach.

»Reicht das nicht?«, antwortete Wolff düster.

Tibor sagte nichts mehr – obgleich er spürte, dass dies ganz und gar nicht alles war. Wolff verschwieg ihm etwas, das merkte er ganz deutlich. Einen Moment lang starrte er wortlos an Wolff vorbei auf die dunkle Straße, dann wandte er sich mit einem deutlich hörbaren Seufzen um und wollte eine weitere Frage an Wolff stellen.

Aber noch bevor er nur einen Ton hervorbringen konnte, hob Erik die Hand, legte Zeige- und Mittelfinger auf die Lippen und deutete mit der anderen Hand zur Treppe.

Tibor fuhr herum, zog nahezu lautlos sein Schwert aus dem Gürtel und huschte auf Zehenspitzen an Erik vorbei zur Tür. Gebannt lauschte er einen Moment. Er hörte nichts außer dem rasenden Hämmern seines eigenen Herzens und den Geräuschen des Hauses: dem Knacken eines Balkens hier, dem kaum hörbaren Knistern des Dachstuhles da, dem leisen Arbeiten des Mauerwerkes. Aber sonst war nichts zu hören, geschweige denn zu sehen. Nur die Schatten waren wieder da. Wie eine geronnene schwarze Masse zeichneten sie sich am Fuße der Treppe ab.

Und dann bewegten sie sich.

Es ging sehr rasch, so rasch wie ein flüchtiges Blinzeln, aber Tibor war vollkommen sicher, sich die Bewegung nicht nur eingebildet zu haben. Die Schatten am Ende der Treppe bewegten sich!

Langsam, wie eine träge Woge aus Gestalt gewordener Finsternis, flossen sie die Treppe herauf, erreichten die erste Stufe, überfluteten sie und stiegen weiter, Stufe um Stufe, Stück für Stück, als versänke das Haus unaufhaltsam in einem schwarzen, Licht schluckenden Sumpf.

Erik bemerkte den entsetzlichen Vorgang im selben Moment wie er. Der junge Nordmann prallte mit einem keuchenden Laut zurück, war mit einem Satz am Fenster und riss es mit solcher Kraft auf, dass eine der Scheiben knallend zerbarst. »Raus hier!«, brüllte er mit überschnappender Stimme. »Nichts wie raus!«

Tibor und Wolff waren einen Herzschlag nach ihm am Fenster. Trotzdem war Erik, geschickt jeden Mauervorsprung und jede Unebenheit ausnutzend, schon ein gutes Stück die Wand hinabgeklettert, als Wolff sich ebenfalls aus dem Fenster schwang und ihm folgte. Tibor wandte sich noch einmal zur Tür um.

Was er sah, ließ ihn jeden Gedanken an Widerstand augenblicklich vergessen.

Die Schatten hatten die oberste Stufe erreicht und flossen wie eine substanzlose schwarze Masse ins Zimmer. Irgendetwas Dunkles, Körperloses bewegte sich inmitten der Schatten.

Tibor wirbelte herum, stieß mit zitternden Fingern sein Schwert in den Gürtel zurück und schwang sich aus dem Fenster. Die Jahre bei Wirbe und seinen Gauklern kamen ihm zustatten, als er hinter Wolff und Erik die Hauswand hinabkletterte: Kunststücke wie diese hatte er zur Genüge geübt. Nahezu gleichzeitig mit Erik und Tibor kam er auf dem Boden an, fuhr herum – und unterdrückte im letzten Moment einen entsetzten Schrei.

Auch hinter ihnen waren Schatten!

Ein Teil der Straße war schlichtweg verschwunden. Auch aus den Fenstern und Türen des Hauses, aus dem sie gerade geflohen waren, quoll Dunkelheit wie eine finstere Wolke!

Verzweifelt wirbelte Tibor herum und rannte los – direkt in die Arme von vier von Resnecs Männern. Er konnte nicht sagen, wer überraschter war – er oder die vier gepanzerten Krieger, die wie aus dem Boden gewachsen vor ihm auftauchten. Aber Resnecs Männer überwanden ihre Überraschung einen Sekundenbruchteil vor ihm. Tibors Hand zuckte zum Schwertgriff, aber seine Bewegung kam zu spät. Starke Hände packten ihn, zwangen seine Arme auf den Rücken und pressten ihn gegen die Wand, dass er kaum noch atmen konnte. Gleichzeitig sirrten die Schwerter der beiden anderen Männer aus den Scheiden und richteten sich drohend auf Erik und Wolff.

Und im selben Moment waren die Schatten heran.

Es war, als stürze Tibor in ein Meer körperloser, saugender Finsternis. Alles erlosch ringsum, nicht einmal den harten Griff der Krieger spürte er mehr. Das Einzige, was er fühlte, war eine unglaubliche Kälte, dann ein ganz sachtes, nicht einmal unangenehmes Kribbeln auf Gesicht und Händen, ein Gefühl wie die flüchtige Berührung von Spinnweben im Altweibersommer.

Mit einem Mal glaubte er einen Schrei zu hören, lautlos und sehr, sehr weit fort, aber so voller Qual und Entsetzen, dass er seine Hände erschrocken vor die Ohren schlug und ebenfalls aufstöhnte.

Erst in diesem Moment bemerkte er überhaupt, dass die beiden Krieger ihn losgelassen hatten und ebenfalls zurückgetaumelt waren.

Tibor reagierte sofort. Er fuhr herum, griff blindlings nach Eriks Schulter und zerrte ihn mit sich, geradewegs auf den Bereich wogender Schatten zu – und durch sie hindurch.

Es war wie bei seinem ersten Versuch, diese Stadt auf dem Wege jenseits der Schatten zu verlassen. Nur schlimmer, tausendmal schlimmer.

Für einen Augenblick war er wieder an jenem Ort, der nur aus Dunkelheit und hin und her huschender Schwärze bestand. Schatten griffen mit rauchigen Fingern nach ihm und zu hören war ein Wimmern und Schreien wie das Klagelied Tausender verdammter Seelen.

Dann war es vorbei und Tibor stürzte reichlich unsanft zu Boden, nur wenige Schritte von der Stelle entfernt, an der Wolff und die vier Söldner zurückgeblieben waren. Einen Moment lang blieb er benommen liegen, dann richtete er sich auf, sah sich nach Wolff um und gewahrte ihn nur wenige Schritte hinter sich, wie er – wild mit den Armen um sich schlagend – aus der brodelnden schwarzen Wolke hervorgetaumelt kam. Erik hockte neben ihm auf den Knien, starr vor Schreck und mit einem Ausdruck fassungslosen Entsetzens auf den Zügen. Von Resnecs Männern war keine Spur mehr zu sehen.

Tibor wartete, bis Wolff neben ihm angelangt war. Gemeinsam zerrten sie Erik auf die Füße, ergriffen ihn unter den Armen und hetzten los.

Es war die längste Nacht seines Lebens gewesen und während der zahllosen Stunden, die sie durch die finsteren Straßen und Gassen der Stadt geirrt waren, hatte Tibor einen lebhaften Eindruck davon gewonnen, wie sich ein Wild fühlen musste, dem der Jäger auf der Spur war. Sie hatten es nicht gewagt, auch nur noch einmal eines der Häuser zu betreten; geschweige denn länger als zehn Minuten an ein und demselben Platz zu verweilen. Resnecs Männer waren ihnen nicht noch einmal nahe gekommen, aber die Schatten und die bizarre Dunkelheit, die keine Dunkelheit war, waren ihnen gefolgt, hatten sie umschlichen wie ein Rudel unsichtbarer Wölfe und waren immer in ihrer Nähe gewesen: Tibor hatte sie gespürt, selbst wenn er sie nicht sehen konnte.

Als die Sonne endlich aufging, war es wie eine Erlösung. Tibor fühlte sich müde und zerschlagen wie selten zuvor in seinem Leben, denn es war die zweite Nacht ohne Schlaf gewesen und sein Körper begann mit Macht sein Recht zu fordern. Trotzdem atmete er erleichtert auf, als das erste Grau der Dämmerung am Himmel erschien, kurz darauf gefolgt von einem dünnen orangeroten Streifen, mit dem die Sonne ihr endgültiges Erwachen ankündigte. Der Anblick gab ihm noch einmal neue Kraft, und obwohl seine Glieder mit unsichtbaren Zentnergewichten beschwert zu sein schienen, beschleunigte er seine Schritte, um die Stadtmauer zu erreichen.

Auf der anderen Seite des gewaltigen Tores war bereits der helle Tag hereingebrochen, als sie die Stadtgrenze erreichten. Aber hier zwischen den Häusern herrschte noch Nacht. Trotzdem blieb Tibor noch einmal stehen und sah sich um.

Sein Blick tastete über das braunrote Meer der Dächer, glitt nach Norden, Osten, Westen, suchte die Burg.

Das Häusermeer schien sich endlos lange zu erstrecken, so weit er blicken konnte.

Aber die Burg war verschwunden. Tibor versuchte die Entfernung zu schätzen, die sie während der Nacht zurückgelegt hatten. Es war schwer, denn auf der Flucht vor Resnecs Leuten und den unheimlichen Schatten waren sie sicher oftmals im Kreis gelaufen. Aber ganz gleich wie weit sie nun wirklich gekommen waren – es war einfach unmöglich, dass sie sie jetzt nicht mehr sehen konnten. Doch sosehr Tibor sich auch umschaute, die Burg blieb verschwunden. Wie ein Spuk, dachte er schaudernd.

»Worauf wartest du?«, fragte Wolff, der ebenfalls stehen geblieben war. Sein Blick war in dieselbe Richtung gewandert wie der Tibors. Er muss es doch sehen, dachte Tibor verwirrt. Auch ihm sollte doch auffallen, dass sich dort, wo die Burg hätte sein müssen, nichts als das kantige Auf und Ab der Dächer erstreckt. Aber wenn Wolff es bemerkt hatte, so überspielte er es meisterhaft. Erneut hatte Tibor das sichere Gefühl, dass Wolff ihm längst nicht alles gesagt hatte, was er wusste.

»Warum suchen wir uns nicht ein leer stehendes Bett und ruhen uns ein paar Stunden aus?«, erkundigte sich Erik, ehe Tibor antworten konnte. »Es stehen genügend zur Auswahl.«

»Hier?«, fragte Tibor zweifelnd. Allein der Gedanke, noch einmal eines dieser Häuser betreten zu müssen, jagte ihm einen eisigen Schauer über den Rücken. Doch zu seiner Überraschung pflichtete Wolff dem Nordmann bei.

»Warum nicht?«, sagte er. »Solange es hell ist, ist es ungefährlich. Und nach allem, was ihr mir über die Plünderer erzählt habt, die dort draußen im Wald lagern, wahrscheinlich sogar sicherer.«

»Und Resnec?«

Wolff winkte ab. »Der hätte viel zu tun, jedes einzelne Haus durchsuchen zu wollen. Und so dicht beim Tor vermutet er uns bestimmt nicht.« Er schüttelte entschieden den Kopf und deutete auf Erik. »Dein Freund hat Recht. Suchen wir uns ein bequemes Bett.«

»Wir müssen eine Wache aufstellen«, wandte Tibor ein.

»Das übernehme ich«, sagte Wolff großzügig. »Ihr beide schlaft ja gleich im Gehen ein.«

Tibor nickte, obwohl ihm der Gedanke an

die Häuser noch immer alles andere als angenehm war. Aber er war auch viel zu müde, um Wolff noch einmal zu widersprechen. Wortlos folgte er den beiden zurück in die Stadt, ehe sie das erstbeste Haus betraten. Wie er den Weg die Treppe hinauf und in den Schlafraum schaffte, wusste er hinterher nicht mehr zu sagen.

Er schlief so tief und traumlos, wie es nur der Schlaf vollkommener Erschöpfung möglich werden ließ, aber als Wolff ihn kurz nach der Mittagsstunde weckte, fühlte er sich sonderbar frisch und ausgeruht, viel mehr, als er nach so wenigen Stunden Schlaf erwartet hatte.

Erik schlief noch, friedlich zusammengerollt wie ein Kind, und er schnarchte dabei wie ein ganzes Regiment. Aber Wolff winkte hastig ab, als Tibor den jungen Nordmann wachrütteln wollte, und bedeutete ihm, ihm ins Nebenzimmer zu folgen. Stirnrunzelnd ging Tibor ihm nach.

»Was ist passiert?«, fragte er alarmiert.

»Nichts«, antwortete Wolff. »Ich wollte nur mit dir reden, das ist alles. Allein.« Er deutete mit einer Kopfbewegung zur Tür.

»Dein Freund da«, begann er, »wer ist er? Kann man ihm trauen?«

»Wer er ist?«, Tibor seufzte, stieg ächzend in seine Stiefel, die er in den Händen hielt, und unterdrückte ein Gähnen. »Sein Name ist Erik«, sagte er. »Ich habe ihn vor ein paar Tagen getroffen. Ich weiß nicht viel über ihn. Aber er scheint ein aufrechter Bursche zu sein.«

»Wie viel weiß er?«, fragte Wolff.

»Von mir? Eine Menge. Es ließ sich nicht verhindern«, fügte er in weit schärferem Ton hinzu, als er eigentlich beabsichtigt hatte. »Was soll dieses Verhör, Wolff? Erik ist in Ordnung. Ohne ihn wäre ich tot. Und du gefangen.«

»Trotzdem wäre es besser, wenn du ihn fortschicken würdest«, sagte Wolff ernst.

»Warum?«

Wolff zögerte einen Moment. »Es ist kein Zufall, dass wir uns getroffen haben«, erklärte er.

»Ich weiß!« Tibor war nicht sehr überrascht. Er hatte Wolffs Worte keineswegs vergessen.

»Es ist auch kein Zufall, dass Resnec hier ist«, fuhr Wolff fort.

Tibor starrte ihn an, schwieg aber.

»Seine Burg«, berichtete Wolff stockend. »Dir ist sicherlich aufgefallen, dass sie nur nachts sichtbar ist!«

Tibor nickte. »So wie die meisten seiner Krieger.«

»Ja. Er selbst und zehn oder zwölf seiner engsten Vertrauten können sich auch bei Tage hier bewegen, aber die Burg selbst und der größte Teil seines Heeres sind nicht mehr als Schatten, die nur des Nachts sichtbar werden. Aber jetzt ...«

»Jetzt?«, fragte Tibor, als Wolff nicht weitersprach, sondern betreten den Blick senkte und mit den Schuhspitzen über die Fußbodenbretter zu scharren begann. »Was ist jetzt, Wolff?«

Wolff zögerte noch immer. »Jetzt werden sie bald den Schritt in diese Welt tun«, sagte er und fügte leise und mit abgewandtem Blick hinzu: »Jetzt, wo du da bist.«

»Wo ich da bin?«, wiederholte Tibor verwirrt. »Was soll das heißen?«

Wolff stöhnte, als bereite es ihm große körperliche Schmerzen zu antworten. »Es ist kein Zufall, dass Resnec sich ausgerechnet diesen Ort ausgesucht hat, Tibor«, sagte er.

»So wenig, wie es damals ein Zufall war, als du das erste Mal auf ihn getroffen bist.«

»Ich weiß«, sagte Tibor. »Aber damals hat er mich gesucht …«

»Diesmal auch«, unterbrach ihn Wolff.

Für die Dauer eines Atemzuges starrte Tibor Wolff entsetzt an. »Was soll das bedeuten?«, keuchte er.

»Er braucht dich, Tibor«, antwortete Wolff ernst. »Resnec ist ein Zauberer, aber auch er vermag den Schritt von einer Welt in die andere nicht ohne Hilfe zu tun.«

»Hilfe?«, krächzte Tibor entsetzt. »Du meinst …«

»Ich meine«, unterbrach ihn Wolff ernst, »dass er den Weg aus dem Schattenreich heraus nur findet, indem er sich deiner Kräfte bedient, Tibor, gegen deinen Willen und ohne dass du dich dagegen wehren könntest. Du bist seine Brücke. Mit deiner Hilfe konnte er hierher gelangen und mit deiner Hilfe wird er auch sein Heer – und seine Burg – hierher holen. Und je näher du ihm bist, desto rascher wird es gehen.«

»Dann … dann müssen wir fort!«, rief Tibor erregt. »So schnell und so weit fort wie möglich!«

Wolff lächelte traurig. »Das würde nichts nutzen«, sagte er sanft. »Er würde nur ein wenig mehr Zeit brauchen, das ist alles. Und selbst wenn ... Resnec würde dich finden, ganz gleich wie weit du davonläufst. Deshalb habe ich gestern Nacht auch gesagt, es wäre besser gewesen, du hättest ihn damals auf Burg Rabenfels getötet.«

Tibor schwieg. Er war nicht sicher, ob er die ganze Tragweite dessen, was Wolff ihm gerade erzählt hatte, wirklich schon begriff. Wenn Wolff Recht hatte, dann ... ja, dachte er bestürzt, dann bedeutete das nichts anderes, als dass er, Tibor, die Schuld an allem trug, was hier geschehen war. An Resnecs Auftauchen, am Dasein seiner Krieger – dreihundert Mann, die in wenigen Tagen schon mordend und plündernd durch das Land ziehen würden! Letztlich träfe ihn vielleicht sogar die Schuld am Schicksal dieser Stadt und ihrer Bewohner! Die Vorstellung machte ihn ganz schwindlig.

»Du darfst dir keine Vorwürfe machen«, sagte Wolff leise. »Du wusstest es ja nicht. Es ... es ist viel mehr meine Schuld als deine. Ich hätte dich warnen müssen.«

»Und warum ... hast du es nicht getan?«,

fragte Tibor stockend. Er versuchte vergeblich den bitteren Unterton aus seiner Stimme zu verbannen und er sah, wie Wolff bei seinen Worten betreten zur Seite blickte.

»Manches wusste ich damals selbst nicht«, sagte er leise. »Und manches …« Er seufzte. »Manchmal ist es eben so, dass man sich schlichtweg selbst belügt. Ich habe versucht mir einzureden, dass es schon nicht so schlimm werden würde. Ich Narr!« Die beiden letzten Worte stieß er in heftigem, beinahe zornigem Ton hervor. Er ballte die Rechte zur Faust.

Diesmal war es Tibor, der ihm beruhigend die Hand auf die Schulter legte. Fast machte ihn die Geste ein wenig verlegen, denn Wolff war viel älter als er, ein Mann bereits – wenn auch noch von jungen Jahren –, während Tibor, selbst wenn er Kettenhemd und Rüstung abgelegt hätte, überall als Knabe durchgegangen wäre.

Aber sie hatten so viel gemeinsam erlebt und durchgemacht, dass er den Altersunterschied vergaß.

»Und was können wir jetzt tun?«, fragte er.

»Diesem Resnec den Hals umdrehen, was

denn sonst!«, antwortete eine Stimme hinter ihm.

Tibor fuhr erschrocken herum. In der Tür stand Erik, mit roten verschlafenen Augen und verstrubbeltem Haar, aber hellwach.

»Du?«, entfuhr es Tibor beinahe schuldbewusst. »Wie ... wie lange stehst du schon da?«

»Wenn du wissen willst, wie viel ich gehört habe: jedes einzelne Wort«, sagte Erik und fügte mit einem finsteren Blick in Wolffs Richtung hinzu: »Den Gedanken, mich fortzuschicken, schlägst du dir besser aus dem Kopf, bevor ich das tue. Ich habe diese Sache zusammen mit Tibor angefangen und ich bringe sie auch mit ihm gemeinsam zu Ende, so oder so!«

Wolff antwortete nicht sofort auf Eriks Worte, sondern tauschte einen raschen, gleichermaßen fragenden wie besorgten Blick mit Tibor. Schließlich nickte er, auch wenn es ganz so wirkte, als koste es ihn große Überwindung. »Wenn du jedes Wort gehört hast, dann weißt du ja auch, wie gefährlich die Sache werden kann.«

»Kaum gefährlicher als das, was wir bisher erlebt haben, oder?«, antwortete Erik gereizt.

»Oder weißt du irgendetwas, das gefährlicher ist, als beinahe umgebracht zu werden?«

Wolff nickte. »Wirklich umgebracht werden«, antwortete er ungerührt, aber Erik wischte seine Worte mit einer zornigen Handbewegung zur Seite.

»Papperlapapp!«, fuhr er fort. »Ich werde bestimmt nicht klein beigeben und in aller Ruhe davonreiten und euch eurem Schicksal überlassen.« Er nickte bekräftigend, kam einen weiteren Schritt näher und starrte Wolff beinahe herausfordernd an. »Also? Was tun wir?«

Vorerst jedoch kamen sie weder dazu, etwas gegen Resnec zu unternehmen noch das Rätsel dieser Stadt genauer zu untersuchen, denn sie sahen sich einem Problem gegenüber, das angesichts ihrer Lage zwar lächerlich banal, aber auch unlösbar war: Sie bekamen Hunger, und zwar ganz gewaltigen Hunger.

Weder Tibor noch Erik hatten seit anderthalb Tagen auch nur die geringste Kleinigkeit gegessen und auch Wolff schien es nicht anders ergangen zu sein, denn er protestierte mit keiner Silbe, als Tibor nach einer Weile vorschlug, zuerst einmal die umliegenden Häuser gründlich zu durchsuchen und zu sehen, ob sich nicht irgendwo etwas Essbares finden ließe.

Fast eine Stunde verbrachten sie damit,

mehr als drei Dutzend Gebäude buchstäblich vom Keller bis zum Dachboden zu durchsuchen – ohne sich allerdings dabei mehr als schmutzige Hände und eine gehörige Portion Enttäuschungen einzuhandeln. Als sie nach Ablauf der vereinbarten Zeit wieder zusammentrafen, knurrten ihre Mägen lauter als zuvor. Irgendetwas Essbares hatten sie allerdings nicht gefunden. Nicht den winzigsten Krümel.

Wolff schlug vor, die Stadt zu verlassen und in den Wald zu gehen, wo sie wenigstens ein paar Beeren und andere wilde Früchte finden würden. Aber weder Erik noch Tibor waren von diesem Gedanken sonderlich angetan. Die Begegnung mit Barok und seinen Männern war ihnen beiden noch ein wenig zu frisch im Gedächtnis, als dass sie Lust auf ein weiteres Zusammentreffen mit den Wegelagerern verspürt hätten. Und genau das sagte Tibor auch Wolff.

Dieser verzog nur ärgerlich das Gesicht. »Und was schlägst du vor?«, fragte er gereizt. »Wir können natürlich auch hier bleiben und warten, bis wir vor Hunger so schwach sind, dass Resnec uns nur noch einzusammeln braucht.« Er schnaubte. »Es sind nur ein paar dahergelaufene Räuber. Sie werden rennen wie die Hasen, wenn sie deine Rüstung sehen; nach allem, was du mir erzählt hast.«

Tibor war nicht ganz so überzeugt davon. Sicher, er hatte Baroks Strauchdieben eine gehörige Lektion erteilt, aber er hatte gelernt, dass der größte von allen denkbaren Fehlern meistens der war, einen Gegner zu unterschätzen. Nachdenklich blickte er durch das offen stehende Stadttor hinaus. Der Fluss und ein kleiner Teil des gegenüberliegenden Waldes waren selbst von hier aus zu erkennen. Nirgends regte sich auch nur die geringste Spur von Leben. Und trotzdem ... Irgendetwas in ihm sträubte sich mit aller Macht dagegen, die Stadt zu verlassen. Er war nicht sicher, ob es nur die Angst vor Barok und seinen Männern war.

»Ich verstehe das nicht«, grollte Erik. »Nicht den allerkleinsten Krümel haben sie uns übrig gelassen. So gründlich können die Plünderer gar nicht gearbeitet haben!«

»Haben sie auch nicht«, antwortete Wolff. Diese Stadt war schon verlassen, lange bevor Barok und seine Männer gekommen sind.«

»Unsinn!«, antwortete Erik aufgebracht. »Selbst wenn sie alles mitgenommen hätten, was sie nur tragen konnten, müsste noch irgendetwas da sein. Diese Stadt ist so leer, als hätten hier niemals Menschen gelebt.«

Tibor verspürte einen kurzen eisigen Schauer, als er die Worte des jungen Nordmannes hörte.

Erik hatte im Grunde nur ausgesprochen, was er die ganze Zeit gedacht hatte, und trotzdem täuschte er sich in einem Punkt: Die Plünderer hatten zwar gründliche Arbeit geleistet, aber sie waren nicht gründlich genug gewesen, sämtliche Spuren der ehemaligen Bewohner dieser Stadt zu tilgen. Es gab zu viele Dinge, die des Mitnehmens nicht wert waren oder die sie einfach übersehen hatten: Möbel und Kleidungsstücke, Geschirr, Gläser und Bücher – von all diesen Dingen hatte er Mengen gefunden, als er auf den Dachböden und in den Kellern herumgekrochen war. Aber es gab in dieser ganzen Stadt nichts Lebendes mehr. Nichts, was irgendwann einmal gelebt hatte, gleich ob Pflanze oder Tier, ob der Braten in den Räucherkammern oder das Mehl, aus dem sie ihre Brote gebacken hatten – das alles war verschwunden. So gründlich, als hätte es niemals existiert. Es ist, dachte er schaudernd, als wäre diese ganze gewaltige Stadt leer gefressen worden …

Wieder suchte sein Blick das Stadttor und für einen Moment glaubte er einen zerfaserten grauen Schatten vor dem groben Stein zu erblicken; nicht mehr als ein rasches Huschen, das verging, ehe er es wirklich erkennen konnte, aber doch zu deutlich, um nur Einbildung gewesen zu sein.

Und im selben Augenblick spürte er wieder diesen heftigen, vollkommen absurden Widerwillen, die Stadt zu verlassen; ein Gefühl, das vollkommen grundlos war, aber so übermächtig, dass er sich kaum dagegen wehren konnte. Es war fast so wie am Tage zuvor, als Erik und er hierher gekommen waren, nur ganz genau andersherum: Dieselben körperlosen Stimmen, die ihm da zugeflüstert hatten, die Stadt nicht zu betreten, schienen ihn nun festhalten zu wollen. Plötzlich war ihm kalt, sehr kalt.

Etwas von dem Schrecken, mit dem ihn diese Vorstellung erfüllte, musste sich wohl sehr deutlich auf seinem Gesicht widergespiegelt haben, denn Wolff brach plötzlich mitten im Wort ab und sah ihn stirnrunzelnd an. »Was hast du?«

Tibor zuckte zusammen, suchte einen Moment vergeblich nach einer plausiblen Ausrede und rettete sich in ein hastiges und nicht sehr überzeugendes Lächeln. »Nichts«, sagte er. »Ich ... war in Gedanken. Wir waren doch in diesem Gasthaus, Erik, erinnerst du dich?«, fügte er, einer plötzlichen Eingebung folgend, hinzu.

Erik nickte. »Natürlich!«

»Warum gehen wir nicht dorthin zurück?«, Tibor deutete mit einer Kopfbewegung die Straße hinab. »Vielleicht haben Baroks Männer etwas von unserem Gepäck übersehen. Ich hatte ein wenig Brot und Trockenfisch in meinem Beutel. Möglich, dass sie es nicht mitgenommen haben.«

Erik starrte ihn zweifelnd an und auch Wolffs Stirnrunzeln vertiefte sich eher noch. Keiner der beiden war sehr überzeugt von dem, was er sagte. Aber sonderbarerweise widersprach auch keiner von ihnen, obwohl Tibor sich sicher war, dass zumindest Wolff ganz genau spürte, dass seine Worte nichts als eine Ausrede waren.

Mit einem Ruck wandte Tibor sich um und ging los, noch bevor Wolff oder Erik Gelegenheit finden konnten, irgendwelche Einwände vorzubringen. Sie sprachen kein Wort miteinander, bis sie den Marktplatz erreicht hatten und das kleine Gasthaus vor ihnen lag.

Tibor sah sich um. Der Platz war so leer und verlassen, wie ein Ort nur sein konnte, nicht einmal die Schatten waren da und auch das Wispern des Windes und die unhörbaren Stimmen, die ihn begleiteten, waren hinter ihnen zurückgeblieben.

Und doch ...

Tibor spürte überdeutlich, dass sie nicht allein waren. Irgendjemand war hier, lautlos, unsichtbar, aber da, und wer immer es auch war, es entging ihm keine ihrer Bewegungen. Einen Moment lang dachte Tibor ernsthaft darüber nach, ob eine Stadt so etwas wie Leben oder gar ein eigenes Bewusstsein entwickeln konnte. Er war sich mit einem Mal sicher, dass sie das wahre Geheimnis, das diese Stadt umgab, bisher noch nicht einmal angekratzt hatten.

»Niemand da«, murmelte Erik, der wie er und Wolff stehen geblieben war und sich aus misstrauisch zusammengekniffenen Augen umgesehen hatte. »Ist wohl noch zu früh für Baroks Strauchdiebe.« Er lachte, aber der

Laut klang ein bisschen zu schrill, um noch überzeugend zu wirken. Tibor begriff plötzlich, dass es in Wahrheit ganz und gar nicht Barok und seine Räuber waren, vor denen Erik sich fürchtete.

Wie schon bei ihrem ersten Besuch hier schien im Inneren des Gasthauses noch ein Stück Nacht zurückgeblieben zu sein: Dunkelheit und ein Hauch nächtlicher Kühle schlugen ihnen entgegen, als sie durch die Tür traten. Die Zugluft ließ den Staub tanzen und zauberte die Illusion von Bewegung in den Raum. Tibors überreizte Nerven ließen ihn aus dem oberen Stockwerk Geräusche hören, die in Wahrheit nirgendwo anders als in seiner Fantasie existierten. Trotzdem legte er instinktiv die Hand auf das Schwert und blickte nach oben.

Für einen kleinen Moment glaubte er tatsächlich eine huschende Bewegung am oberen Ende der Treppe wahrzunehmen. Aber sie verschwand, ehe er zum zweiten Mal hinsehen konnte.

»Was hast du?«, fragte Wolff, dem sein Erschrecken keineswegs entgangen war.

Tibor lächelte nervös. »Nichts«, sagte er, schüttelte den Kopf und versicherte noch einmal: »Es ist nichts, Wolff. Ich muss mich getäuscht haben.«

»Dessen wäre ich mir an deiner Stelle nicht so sicher.«

Es dauerte einen Moment, bis Tibor begriff, dass es weder Wolff noch Erik gewesen waren, die diese Worte gesprochen hatten.

Und dann dauerte es noch einmal Sekunden, bis ihm klar wurde, dass der erschrockene Ausdruck in Eriks weit aufgerissenen Augen nicht ihm galt, sondern jemand anderem, der hinter ihm stand!

Mit einem Keuchen fuhr Tibor herum – und hätte sich um ein Haar selbst aufgespießt, denn keine Handbreit von seinem Gesicht entfernt schwebte zitternd die geschliffene Spitze einer gewaltigen Lanze!

Einen Moment lang starrte er wie gelähmt auf das stählerne Dreieck, das genau zwischen seine Augen deutete. Dann stieß er ein neuerliches erschrockenes Keuchen aus und sprang einen Schritt zurück, bis er gegen einen Tisch prallte und abermals stehen blieb. Doch die Lanzenspitze folgte jeder seiner Bewegungen.

Erik und Wolff schrien im selben Moment auf und sprangen an seine Seite, erstarrten aber mitten in der Bewegung, als sich die Lanze drohend weiterbewegte, sodass sich Tibor weit nach hinten über den Tisch beugen musste, um der tödlichen Spitze auszuweichen. Und endlich erkannte Tibor auch den Mann, der die Lanze hielt. Es war niemand anderer als Barok, der Anführer der Räuberbande!

»Wenn du eine einzige falsche Bewegung machst oder auch nur daran denkst, dein Schwert zu ziehen, steche ich dich nieder wie einen tollwütigen Hund«, sagte Barok leise. Sein Gesicht war ausdruckslos wie eine Maske, aber seine Augen brannten vor Hass. Tibor sah, dass seine Hände den Lanzenschaft so fest umklammerten, dass die Knöchel wie kleine weiße Narben aus der Haut hervorstachen.

»Sei vernünftig, Barok!«, keuchte Erik. »Wir sind zu dritt. Selbst wenn du Tibor tötest, kommst du hier nicht mehr lebend hinaus!«

Der Räuber lachte böse. Seine Lanze bewegte sich eine Winzigkeit weiter vor, sodass ihre Spitze nun wirklich Tibors Stirn berührte. »Seid ihr euch dessen so sicher?«, fragte er lauernd.

Im selben Moment trat ein zweiter Mann hinter ihm aus der Tür und auch auf der Treppe wurden die polternden Schritte von weiteren Männern laut. Tibor sah aus den Augenwinkeln, wie Erik herumfuhr und erschrocken die Fäuste hob. Er schickte ein lautloses Stoßgebet zum Himmel, dass der junge Nordmann die Nerven behalten und nichts tun würde, was hinterher vielleicht alle bereuen würden.

»Was … was soll das, Barok?«, fragte er gepresst. Er konnte kaum sprechen, denn Baroks Lanze zwang ihn, den Kopf so weit in den Nacken zu beugen, dass er fast keine Luft mehr bekam. Trotzdem versuchte er weiterzusprechen: »Warum lauert ihr uns auf? Wir haben euch nichts getan!«

Barok lachte, aber in einer Weise, die ganz und gar humorlos klang. »Das stimmt, edler Herr«, sagte er – wobei er die Worte »edler Herr« übertrieben betonte, dass sie eher einer Beschimpfung ähnelten. »Uns nicht. Aber unseren Kameraden.« Seine Lippen pressten sich zu einem dünnen, blutleeren Strich zusammen und seine Hände begannen zu zittern. Es sah aus, als hielte er sich nur noch mit letzter Kraft zurück, mit der Lanze nicht gleich zuzustoßen. Aber er tat es nicht, sondern zog die Waffe im Gegenteil so weit zurück, dass sich Tibor in eine halbwegs erträgliche Haltung wieder aufrichten konnte.

Vorsichtig hob Tibor die Hand, strich sich damit über den schmerzenden Hals und sah Barok und seine Begleiter mit einer Mischung aus Furcht und Verwirrung an.

Es war Wolff, der als Erster seine Fassung wiederfand und sich an den Räuberhauptmann wandte.

»Ich weiß zwar nicht, wer Ihr seid«, begann er, »aber ich schwöre Euch, dass wir …«

»Wer ist das?«, unterbrach ihn Barok unwirsch.

»Ein … Freund«, antwortete Tibor. »Wolff von Rabenfels.«

»Ein Freund, so?«, wiederholte Barok böse. »Na, davon scheinst du ja genug zu haben. Aber die werden dir nichts nutzen, Bursche. Du hättest sie alle mitbringen sollen, nicht nur die beiden da.«

Tibor verstand immer weniger – und dabei hatte er von Sekunde zu Sekunde mehr das Gefühl, dass es vielleicht lebenswichtig sein konnte, zu begreifen, wovon Barok überhaupt sprach.

»Ich verstehe nicht, wovon du redest, Barok!«, sagte er.

In Baroks Augen blitzte es auf. Wieder näherte sich die Lanzenspitze seinem Gesicht, aber nur für einen Moment, dann sprang der Räuberhauptmann wütend zurück, drehte die Lanze herum und schleuderte sie mit solcher Wucht von sich, dass sie eine Handbreit tief in den Boden fuhr und zitternd darin stecken blieb. »Du verstehst nicht, wovon ich rede?«, brüllte er. »Dann will ich es dir erklären! Ich spreche von unseren sechzehn Kameraden, die erschlagen draußen im Wald liegen, und von ihren Frauen und Waisen, die sich jetzt die Augen um sie ausweinen, du verdammter Mörder!«

»Erschlagen?«, wiederholte Tibor verstört. »Deine Männer? Aber ich …«

»Ich sollte dich niederstechen wie einen Hund!«, sagte Barok wütend. »Doch ich werde dir eine Chance geben, auch wenn du sie nicht verdient hast!« Er hob die Hand und machte eine rasche befehlende Geste. Zwei seiner Männer drängten Wolff und Erik mit gezückten Schwertern bis an die Treppe zurück, während die anderen vor der Tür, vor den beiden Fenstern und dem hinteren

Ausgang Aufstellung nahmen. Gleichzeitig zog Barok ein gewaltiges, zweischneidiges Schwert aus dem Gürtel und kam mit kleinen tänzelnden Schritten auf Tibor zu. »Jetzt wehr dich!«, sagte er. »Ich will sehen, ob du im fairen Kampf, Mann gegen Mann, ebenso tapfer bist wie dann, wenn du Unbewaffnete in den Rücken stechen kannst!«

Tibor zog sein Schwert, folgte aber Baroks auffordernder Geste nicht, sondern wich einen halben Schritt zur Seite, um wenigstens nicht mehr den Tisch im Rücken zu haben. Seine Gedanken überschlugen sich. Er wusste noch immer nicht genau, was Barok überhaupt von ihm wollte, aber die Worte des Räuberhauptmannes nährten einen furchtbaren Verdacht in ihm.

»Ich flehe dich an, Barok, lass uns reden!«, sagte er. »Ich habe mit dem Tod deiner Männer nichts zu schaffen! Ich habe Erik befreit, aber dabei ist niemand zu Schaden gekommen!«

Baroks Antwort bestand in einem zornigen Knurren – und einem Schwerthieb, der Tibor glattweg den Kopf von den Schultern gefegt hätte, wenn er ihn getroffen hätte.

Tibor sprang hastig einen weiteren Schritt

zurück, parierte den nächsten Hieb des Räubers mit seiner eigenen Klinge und versuchte zur Seite auszuweichen, aber Barok vertrat ihm mit einer überraschend behänden Bewegung den Weg und schlug nach seinen Beinen. Tibor sprang im letzten Moment in die Höhe, stützte sich mit der linken Hand auf dem Tisch ab und versuchte Barok aus derselben Bewegung heraus vor die Brust zu treten.

Doch wieder hatte er die Behändigkeit des Räubers unterschätzt. Sein Fuß traf zwar und Barok taumelte auch prompt nach hinten, zog aber beim Fallen mit der freien Hand Tibors Beine weg, sodass auch er reichlich unsanft auf dem Fußboden landete und dort einen Augenblick liegen blieb.

Sie kamen gleichzeitig wieder auf die Füße. Tibor verspürte ein leichtes Schwindelgefühl und für einen Moment schien die Gestalt Baroks vor seinen Augen zu verschwimmen. Obwohl sich ihre Klingen bisher nur ein einziges Mal gekreuzt hatten, hatte er die erstaunliche Kraft des Räuberhauptmannes doch bereits gespürt. Er gestand sich ein, dass er Barok wohl unterschätzt hatte: Sein heruntergekommenes Äußeres und sein großspuriges Auftreten hatten ihn getäuscht. Aber hinter der Maske eines angeberischen Schreihalses war Barok ein überaus kräftiger Mann, der auch mit dem Schwert umzugehen wusste.

Barok griff ihn abermals an, aber diesmal war Tibor besser auf seinen Ansturm vorbereitet. Statt zur Seite oder zurückzuspringen, packte er sein Schwert fester und erwartete seinen Ansturm mit gespreizten Beinen. Ihre Klingen trafen Funken sprühend aufeinander.

Barok kannte in seinem Zorn kein Halten mehr. Abermals schwang er sein Schwert, sprang auf Tibor los und schlug mit nicht sonderlich geschickten, aber unglaublich kräftigen Hieben auf seinen viel kleineren und schmächtigeren Gegner ein, sodass Tibor Schritt für Schritt zurückweichen musste.

Mehr als einmal durchbrach seine Klinge dabei seine Deckung. Hätte Tibor nicht den weißen Panzer und den Helm getragen, wäre er sicherlich verletzt worden. Aber auch so setzten ihm die Hiebe Baroks schmerzhaft zu, denn seine Rüstung schützte ihn zwar vor den Verletzungen durch die Klinge, nicht aber vor der ungeheuren Wucht, mit der Barok zuschlug. Schon nach wenigen Augenblicken war er bis zur Treppe zurückgetrieben worden – und Barok hielt mit seinem Wüten keineswegs inne, sondern stieß im Gegenteil ein halb triumphierendes, halb wütendes Keuchen aus und drang immer heftiger auf ihn ein.

Tibor machte einen Schritt zurück, stolperte prompt über die unterste Stufe und fiel schwer nach hinten. Sein Hinterkopf schlug unsanft auf den Treppenstufen auf. Für einen Moment sah er nichts als bunte Sterne und schwarze Nebelschleier – und einen metallisch blitzenden Schatten, der auf ihn herniederfuhr.

Instinktiv warf sich Tibor zur Seite, Baroks Klinge verfehlte sein Gesicht um Haaresbreite, fuhr mit einem fürchterlichen Knirschen neben ihm in das Holz und bohrte sich in die Treppe. Tibor keuchte vor Schreck, schlug mit der flachen Seite seines Schwertes nach Baroks Arm und prellte ihm die Waffe aus der Hand. Gleichzeitig zog er die Knie an den Körper, holte Schwung und stieß dem Räuber beide Füße in den Leib.

Barok federte zurück und krachte gegen den Tisch, der unter seinem Gewicht in tausend Stücke zerbarst. Diesmal war es Barok, der benommen liegen blieb.

Als er sich aufrichtete, stand auch Tibor wieder auf seinen Füßen, sein eigenes Schwert in der rechten und Baroks Klinge in der anderen Hand. Einen Moment lang trafen sich ihre Blicke und Tibor las in den Augen des Räubers einen solchen Hass, dass er schauderte. Vorsichtig, jeden Moment auf einen heimtückischen Angriff von Baroks Spießgesellen gefasst, bewegte er sich auf den Gegner zu, beide Schwerter kampfbereit erhoben.

Baroks Blick flackerte, während er abwechselnd die beiden Klingen in Tibors Händen betrachtete.

»Gib auf, Barok«, sagte Tibor. »Ich könnte dich töten, aber ich will es nicht. Ich habe keinen Streit mit dir. Lass uns reden.«

Baroks Reaktion war anders als erwartet. Der Räuberhauptmann dachte nicht daran, aufzugeben. Ja, sein eigenes Leben schien ihm in diesem Moment vollkommen egal zu sein. Mit einem zornigen Knurren sprang er hoch, stieß sich mit erstaunlicher Kraft ab und sprang Tibor an, so schnell, dass er sich um ein Haar in die beiden vorgestreckten

Schwerter geworfen hätte. Im letzten Augenblick erst gelang es Tibor, die Klingen zur Seite zu drehen, sodass sich Barok nicht selbst aufspießte, sondern nur zwei blutige Schrammen an den Rippen davontrug.

Aber der Zusammenprall brachte Tibor abermals aus dem Gleichgewicht. Wiederum taumelte er zurück und landete reichlich unsanft auf dem Rücken. Blitzschnell wälzte er sich herum, versetzte Barok, der wie ein wütender Hund auf allen vieren hinter ihm herkroch, einen Stoß in die Seite und sprang hoch. Gleich darauf ging er jedoch wieder zu Boden, denn Barok schien weder Schmerz noch Erschöpfung zu kennen, sondern umklammerte seine Fußgelenke mit beiden Händen und zerrte mit aller Macht daran. Tibor schrie vor Zorn und Angst und trat wie von Sinnen um sich. Er spürte, dass er traf und sich Baroks Griff lockerte. Hastig kroch er von dem tobenden Räuber weg, stemmte sich in die Höhe und schwang noch im Herumdrehen seine Klinge.

Das Schwert schrammte über Baroks Wange, hinterließ dort einen blutigen Kratzer und bohrte sich dann in seinen Oberarm. Barok brüllte auf vor Schmerz und krümmte sich auf dem Boden. Aber mit einer schnellen Bewegung griff er nach seinem Schwert, das Tibor fallen gelassen hatte.

Tibors Gedanken überschlugen sich. Sie waren sich zu nahe, als dass er noch einmal versuchen konnte Barok mit irgendeinem Trick zu übertölpeln. Und den Kampf in die Länge ziehen konnte er auch nicht, denn der Räuber war viel stärker und ausdauernder als er. Tibors Glieder waren jetzt schon schwer wie Blei, das Schwert in seiner Hand schien Zentner zu wiegen und sein Atem ging schnell und keuchend. Dass er bis jetzt ohne größere Wunden davongekommen war, war reines Glück, mehr nicht. Er musste den Kampf beenden, ganz gleich wie!

Ohne auch nur darüber nachzudenken, was er tat, warf er sich vor, nagelte Baroks Handgelenk mit dem Fuß an den Boden und setzte ihm die Spitze seines Schwertes an die Kehle. Barok schrie auf und warf sich zurück, so heftig, dass Tibors Schwert seinen Hals ritzte; er schien es nicht einmal zu merken.

»Hör auf, Barok!«, keuchte Tibor. »Zwing mich nicht, dich zu töten!«

Gleichzeitig verstärkte er den Druck seiner Klinge – zu wenig, um den Räuber ernsthaft zu verletzen, aber doch genug, seinen Worten den gehörigen Nachdruck zu verleihen. Ein einzelner Blutstropfen lief an Baroks Hals herab.

Der Plünderer erstarrte. Hass und Wut auf seinen Zügen wichen Ernüchterung und Angst.

Aber nur für einen Moment. Dann flammte in seinen Augen ein Ausdruck von Trotz auf. »Stoß doch zu«, sagte er wütend. »Welchen Unterschied macht es schon, ob das Blut von sechzehn oder siebzehn Männern an deinen Händen klebt?«

Tibor zögerte. Er wusste, dass sich Barok sofort wieder auf ihn stürzen würde, wenn er ihm die Gelegenheit dazu gab. Aber er konnte ihn doch unmöglich töten!

»Worauf wartest du?«, fragte Barok gepresst. »Erstich mich doch! Ich gebe dir mein Wort, dass dich meine Leute nicht behelligen werden!«

Zwei, drei endlos schwere Atemzüge blieb Tibor noch reglos stehen, dann trat er zurück, hob mit einer fast wütenden Bewegung sein Schwert – und schleuderte es in hohem Bogen von sich.

»Nein«, sagte er. »Ich werde dich nicht töten. Glaub es oder glaub es nicht – aber ich habe nichts mit dem Tod deiner Leute zu schaffen, Barok. Und meine Freunde auch nicht.«

Ein ungläubiges Raunen lief durch die Stube. Tibor sah aus den Augenwinkeln, wie Erik und Wolff erschrocken zusammenfuhren und Baroks Männer verwirrt von ihm zu ihrem auf dem Boden liegenden Anführer blickten.

Und auch Barok selbst starrte ihn einen Herzschlag lang voller Unverständnis an, ehe er sich langsam auf Hände und Knie hochstemmte. Seine Hand kroch abermals zum Schwert und umschloss seinen Griff. Aber sein Blick wich die ganze Zeit nicht von Tibors Gesicht.

»Wenn das ein neuer Trick sein soll, war es kein besonders guter«, sagte er leise. »Ich werde dich erschlagen, ob du nun ein Knabe bist oder nicht.«

»Dann tu es jetzt!«, rief Tibor herausfordernd, obwohl er innerlich bei diesen Worten vor Angst zitterte. »Aber dann bist du nicht besser als die, die deine Leute ermordet haben.«

Barok zögerte. Ganz langsam richtete er sich vollends auf und hob das Schwert. Aber seine Hand zitterte und seinen Bewegungen fehlte plötzlich die Entschlossenheit.

»Wir haben nichts mit dem Tod deiner Leute zu tun, Barok«, sagte Tibor noch einmal. »Ich flehe dich an, denke nach! Hältst du uns für so dumm, dass wir allein hier in der Stadt blieben, wenn wir deine Rache zu fürchten hätten?«

»Wer soll es sonst gewesen sein?«, fragte Barok unsicher. »Hier ist niemand. Die Stadt ist seit Wochen verlassen. Du und dein Freund, ihr wart die ersten Menschen, die seit langem hierher kamen!«

»Du vergisst die Geister, mein Freund«, sagte Wolff ruhig. »Oder das, was du dafür hältst.«

Barok blieb stehen. Sein Blick irrte unsicher zwischen Wolff und Tibor hin und her und blieb schließlich an Tibors Schwert hängen. Tibor konnte direkt sehen, wie es hinter seiner Stirn arbeitete.

»Ich hätte dich töten können, Barok«, sagte er leise. »Nenne mir einen vernünftigen Grund, aus dem ich es nicht tun sollte, wenn ich der wäre, für den du mich hältst.«

»Wer … wer sollte es sonst getan haben?«, fragte Barok unsicher. »Außer euch ist niemand hier.« Er lachte, aber es klang nervös. »Und den Geistern natürlich. Aber die sind bestimmt nicht heute Nacht in den Wald gekommen und haben meine Leute erschlagen.«

»Sie nicht«, sagte Wolff. »Aber der Mann, der sie anführt.« Plötzlich wurde sein Blick sehr ernst. »Und ich fürchte«, fügte er ganz leise hinzu, »es ist unsere Schuld, zumindest indirekt.«

»Wie meinst du das?«, erkundigte sich Barok.

»Was ist geschehen?«, fragte Wolff anstelle einer direkten Antwort. »Du kannst mir nicht erzählen, dass du uns dabei gesehen hast, wie wir deine Leute überfielen.«

Barok schnaubte. »Ich habe niemanden gesehen«, sagte er wütend. »Keiner, der die Angreifer gesehen hat, ist noch am Leben. Aber es gehört nicht sehr viel Fantasie dazu, sich zusammenzureimen, was passiert ist.« Er deutete anklagend auf Tibor. »Gestern drang er in unser Lager ein und befreite seinen Freund.«

»Das stimmt«, bekannte Tibor. »Und seither haben wir die Stadt nicht mehr verlassen.«

»Außer dir weiß niemand, wo unser Lager ist!«, behauptete Barok zornig. »Wir sind dir gefolgt, um dich wieder einzufangen, aber wir haben eure Spuren verloren.«

»Und als ihr zurückgekommen seid, waren deine Leute tot«, vermutete Wolff.

Barok nickte. »Alle«, sagte er. »Sechzehn meiner besten Männer. Alle, die ich im Lager zurückgelassen hatte. Nur wir sind übrig geblieben.« Er war jetzt ganz nahe an Tibor herangekommen und seine Schwertspitze deutete wieder auf Tibors Kehle.

»Und jetzt glaubst du, dass ich es war«, sagte Tibor leise. »Du denkst, ich wäre mit mehr Männern zurückgekommen und hätte dein Lager niedergemacht.«

»Wer soll es sonst gewesen sein?«, fragte Barok wiederum. Aber seine Stimme klang eher trotzig als drohend. »Wir fanden die Hufspuren vieler Pferde und Pfeile und zerbrochene Schwerter.«

»Wenn ich es wirklich gewesen wäre«, meinte Tibor, »wenn ich wirklich genug Männer hätte, dein Lager zu überfallen und deine Leute töten zu können, dann nenne mir doch einen einzigen vernünftigen Grund, aus dem ich es nicht sofort hätte tun sollen. Warum hätte ich wohl allein in dein Lager reiten und Erik befreien sollen, wenn ich genauso gut mit einer Armee anrücken könnte?«

»Wer soll es sonst gewesen sein?«, fragte Barok unsicher.

»Resnec«, antwortete Wolff an Tibors Stelle. Er sah Barok an. »Es ist heute Nacht geschehen?«

Barok nickte. Auf seiner Stirn perlte Schweiß und das Schwert in seiner Rechten zitterte immer stärker. »Irgendwann zwischen Mitternacht und dem Sonnenaufgang«, bestätigte er. »Wir kehrten bei Tagesanbruch ins Lager zurück und fanden die Toten.«

»Resnec«, sagte Wolff nochmals. »Es muss so gewesen sein. Er hat uns gesucht, Tibor, Erik und mich, aber er fand die Spuren deiner Leute, Barok.«

»Wer soll das sein, dieser Resnec?«, fragte Barok misstrauisch.

»Der Mann, der für dies alles hier verantwortlich ist«, antwortete Wolff ernst. »Er ist auch unser Feind, Barok. Wir sollten zusammenarbeiten, statt uns gegenseitig zu bekämpfen.« Er lächelte nervös, trat vorsichtig zwischen Barok und Tibor und deutete mit einer Kopfbewegung auf Baroks Schwert.

»Leg die Waffe weg, Barok«, sagte er ruhig. »Tibor hätte dich töten können, wenn er es gewollt hätte. Stattdessen hat er sein eigenes Leben in deine Hand gelegt. Brauchst du noch mehr Beweise für unsere Ehrlichkeit?«

Barok zögerte. Seine Zungenspitze fuhr nervös über seine Lippen. »Wer ... wer sagt mir, dass das kein weiterer Trick ist?«, fragte er stockend.

»Niemand«, antwortete Wolff. »Aber wenn du uns jetzt erschlägst, dann hilfst du den Männern, die deine Leute auf dem Gewissen haben. Leg die Waffe weg und wir erklären dir alles.«

Wieder vergingen endlose Augenblicke, in denen Barok den jungen Ritter nur anstarrte. Aber dann nickte er, senkte mit einem Ruck sein Schwert und trat einen Schritt zurück.

»Gut«, sagte er. »Ich gebe euch die Chance, eure Lügengeschichten zu erzählen. Aber nicht hier.« Er hob die Hand und machte eine befehlende Geste, worauf sich das halbe Dutzend zerlumpter Gestalten in seiner Begleitung zu einem drohenden Halbkreis hinter Tibor, Wolff und Erik aufbaute. »Wir verlassen die Stadt«, fuhr er fort, »und kehren zum Lager zurück. Und ihr«, fügte er mit einem drohenden Blick auf Tibor, Erik und den jungen Rabenritter hinzu, »kommt als unsere Gefangenen mit.«

Das Lager bot einen weit weniger entsetzlichen Anblick, als Tibor befürchtet hatte. Er wusste hinterher nicht mehr genau zu sagen, was er erwartet hatte: verbrannte Hütten, zertrümmerte Wagen und wohl auch Tote, die so dalagen, wie sie erschlagen worden waren.

Er sah nichts von alledem. Eine der Laubhütten war zusammengebrochen und zwei der hoch mit Beutegut beladenen Karren am jenseitigen Rand der Lichtung umgestürzt, sodass ihr Inhalt in wirrer Unordnung auf dem Boden verteilt war. Aber es gab keine Toten, keinen Brand- oder gar Leichengeruch. Nur der Boden war zertrampelt und aufgewühlt, hier und da lagen ein zerbrochener Pfeil oder eine Waffe herum – und dann gab es noch eine lange, eine sehr lange

Reihe schmaler, mit grauen Leinentüchern zugedeckter Körper am Waldrand.

Der Anblick löste ein sonderbares Gefühl in Tibor aus. Als sie in der Stadt und auch unterwegs hierher über die Toten gesprochen hatten, hatte ihn der Gedanke fast unberührt gelassen; der Tod eines anderen Menschen war eine abstrakte Größe gewesen, unter der er sich nichts vorzustellen vermochte. Aber jetzt sah er sechzehn Männer, die vor wenigen Stunden noch gelebt, die Frauen, Kinder, Brüder und Schwestern gehabt hatten und die vollkommen sinnlos ermordet wurden, denn sie waren weder Resnecs Feinde gewesen noch hätten sie ihm auf irgendeine Weise gefährlich werden können. Die Tatsache, dass dieselben Männer noch vor Tagesfrist Erik entführt hatten und Tibor dem sicheren Tode preisgeben wollten, änderte nichts an dem Zorn, den er beim Anblick solch sinnloser Gewalt empfand. Diese Männer waren ganz und gar unschuldig gewesen. Sie hatten einfach nur das Pech gehabt, Resnec über den Weg zu laufen.

Barok ließ ihnen ausreichend Zeit, den schrecklichen Anblick zu verarbeiten, ehe er sie barsch aufforderte, mit ihm zu kommen und zu sagen, was sie zu sagen hatten. Tibor, Wolff und Erik wurden in die größte der stehen gebliebenen Laubhütten geführt. Drei von Baroks Männern gingen mit gezückten Schwertern hinter ihnen her und blieben auch neben ihnen stehen, als sie sich im Innern der Hütte niederließen und zu reden begannen.

Sie sprachen fast eine Stunde, wobei sie allerdings genau darauf achteten, nichts von Tibors magischen Fähigkeiten zu verraten, denn es mochte durchaus sein, dass ihr Leben davon abhing, dieses Geheimnis zu bewahren.

Tibor und Wolff redeten abwechselnd, während Barok mit steinernem Gesicht zuhörte und nur dann und wann eine Zwischenfrage stellte, wenn ihm irgendetwas nicht klar erschien.

Tibor fühlte sich erschöpft und ausgelaugt, als sie endlich zu Ende gekommen waren. Ihr Bericht hatte alle Schrecken der überstandenen Nacht noch einmal vor seinem inneren Auge auferstehen lassen und er schauerte noch jetzt, wenn er daran dachte, wie oft sie alle in einer Nacht dem Tod um Haaresbreite entgangen waren.

Barok schwieg eine ganze Weile. Schließlich richtete er sich aus der halb vornübergebeugten Haltung auf, in die er im Laufe des Gespräches versunken war, seufzte hörbar und sah Tibor, Wolff und Erik der Reihe nach an. Der Ausdruck von Zorn in Baroks Augen war während der ganzen Zeit nicht einen Deut milder geworden, aber Tibor hatte das Gefühl, dass er jetzt nicht mehr unbedingt ihnen galt.

»Das ist eine sehr fantasievolle Geschichte«, meinte er schließlich. »Aber warum sollte ich sie euch glauben? Ich habe keinen Streit mit diesem Resnec.«

»Das ist auch gar nicht nötig«, sagte Wolff zornig. »Resnec braucht keinen Grund, um zu töten. Ein Menschenleben gilt ihm weniger als der Schmutz unter seinen Stiefeln.«

Barok schwieg einen Moment. Auf seiner Stirn erschien eine steile Falte. »Nehmen wir einmal an, ich würde euch glauben«, sagte er. »Dann erklärt mir, was dies alles zu bedeuten hat. Welche Ziele verfolgt dieser Resnec? Es erscheint mir nicht sehr sinnvoll, eine Stadt all ihrer Bewohner zu berauben, wenn man die Macht hat, sie sich gefügig zu machen.«

Tibor nickte anerkennend. Abermals korrigierte er sein vielleicht etwas vorschnell gefasstes Urteil über den Räuberhauptmann um ein gehöriges Stück. Barok war alles andere als der tumbe Totschläger, für den er ihn im ersten Moment gehalten hatte. Im Gegenteil. Unter der Maske des Straßenräubers verbarg sich ein sehr intelligenter Kopf.

»Ich habe keine Ahnung, was hier geschehen ist«, gestand er, nachdem er einen kurzen Blick mit Wolff getauscht hatte. »Aber Resnec braucht ein neues Zuhause. Wolff und ich haben ihn aus Riddermargh vertrieben und nach allem, was Wolff erzählt, kann er sich dort auch nicht mehr blicken lassen.«

»Und jetzt ist er hier, um unsere Welt zu erobern?« Barok lächelte spöttisch.

»Die ganze Welt sicherlich nicht«, sagte Wolff. »Das hat er einmal versucht und wir haben dir erzählt, was geschehen ist. Resnec ist nicht dumm. Er kennt seine Grenzen. Aber ein kleines Stück der Welt würde ihm wohl reichen und so, wie es aussieht, ist er auf dem besten Wege dazu.« Er deutete mit einer Handbewegung in die Richtung, in der der Waldrand und der Fluss lagen. »Diese Stadt ist bereits fest in seiner Hand und in ein paar Tagen, Barok, wird sie nicht mehr leer sein. Sobald es ihm gelungen ist, seine Burg und die Hauptmacht seiner Krieger zu materialisieren, wird er ganz offen auftreten. Und glaube ja nicht, dass er sich mit einer Stadt zufrieden geben wird.« Er ballte zornig die Faust. »Du hast gesehen, was deinen Männern geschehen ist, Barok, einfach nur weil sie im falschen Moment am falschen Ort waren. Was hier in deinem Lager passiert ist, wird sich hundertfach wiederholen, überall, wo sich jemand seinem Willen widersetzt. Wir müssen ihn aufhalten, solange wir es noch können.«

»Ihr?«, wiederholte Barok zweifelnd. »Zwei Halbwüchsige und ein ehemaliger Page, der in die Kleidung eines Ritters geschlüpft ist?« Er lachte. »Du widersprichst deinen eigenen Worten, Wolff von Rabenfels. Was wollt ihr gegen einen Mann von solcher Macht tun? Er hat sechzehn meiner Leute erschlagen und glaubt mir, sie wussten sich zu wehren.«

»Noch ist er nicht im Vollbesitz seiner Macht«, widersprach Tibor. »Und wir haben den Vorteil der Überraschung auf unserer Seite.«

»Welchen Vorteil?«, fragte Barok lauernd.

Tibor schwieg einen Moment. Er wusste,

dass unter Umständen ihr weiteres Schicksal, vielleicht ihr aller Leben von seinen nächsten Worten abhing. Warum war es nur so schwer, etwas so Einfaches wie das, was er wollte, auch richtig auszudrücken?

»Im Augenblick hat Resnec nicht mehr als ein Dutzend Männer«, sagte er. »Kaum mehr, als wir sind, wenn wir uns zusammentun, Barok.«

»Zusammentun?« Barok schürzte die Lippen. »Ihr drei und ich und meine Leute? Warum sollte ich das tun? Was hindert mich daran, das zu nehmen, was wir bisher erbeutet haben, und nach Hause zu gehen?«

Tibor schüttelte den Kopf. »Was hätte dich daran hindern sollen, das Gleiche heute Morgen zu tun?«, fragte er. »Stattdessen bist du in die Stadt gegangen und hast Wolff und Erik und mir aufgelauert. Obwohl du geglaubt hast, dass wir eine kleine Armee auf unserer Seite haben.«

»Da wusste ich auch noch nicht, dass ich gegen einen leibhaftigen Magier kämpfen soll«, sagte Barok ernst. »Was nutzen Tapferkeit und Mut gegen schwarze Magie und Hexenwerk?«

»Eine Menge«, mischte sich Wolff ein.

»Wenn noch ein guter Plan hinzukommt, heißt das.«

Barok lächelte. »Und ich vermute, du hast einen.«

»Nein«, gestand Wolff nach kurzem Zögern. »Solange wir nicht einmal wissen, was in dieser Stadt wirklich passiert ist und welche Pläne Resnec verfolgt, ist es wenig sinnreich, weitere Überlegungen anzustellen.«

Barok nickte, als hätte Wolff nur ausgesprochen, was er selbst gedacht hatte. Wahrscheinlich war es so. »Warum sollte ich euch trauen?«, fragte er nach einer Weile. »Und wenn, was hätte ich davon?« Er lächelte, stand auf, machte aber eine rasche Bewegung mit der Hand, als Wolff antworten wollte.

»Nein, sag jetzt nichts. Mir scheint, ihr habt schon viel zu viel geredet. Mir schwirrt der Kopf von allem, was ich gehört habe. Ich muss nachdenken.«

»Und was ist mit uns?«, fragte Tibor mit einem unsicheren Blick auf den Mann, der hinter ihm stand und mit seinem Schwert spielte.

»Ihr bleibt meine Gefangenen«, antwortete Barok nach kurzem Überlegen. »Wenigstens vorerst. Aber ihr könnt euch frei im

Lager bewegen. Wenn aber auch nur einer von euch zu fliehen versucht«, fügte er drohend hinzu, »dann lasse ich euch auf der Stelle töten. Und glaubt nicht, dass ihr mir entkommen könnt. Ich habe euch einmal gefunden und ich werde euch wieder finden.«

Damit wandte er sich um und verließ die Hütte. Auch die drei anderen Räuber folgten ihm, sodass Tibor, Wolff und Erik allein zurückblieben.

»Was war das nun?«, fragte Erik nach einer Weile. »Ein Aufschub unserer Hinrichtung oder der Beginn einer Waffenbrüderschaft?«

Wolff lächelte flüchtig. »Ich glaube, wir haben gewonnen«, sagte er, wenngleich seine Stimme wenig überzeugend wirkte. »Barok ist kein Dummkopf. Er kann sich an den Fingern abzählen, dass wir die Wahrheit sprechen.«

»Und selbst wenn«, murrte Erik. »Was nutzt es uns schon? Wir würden eine Armee brauchen, um mit Resnec fertig zu werden – und nicht eine Hand voll Straßenräuber.«

»Genau das ist es, was wir nicht brauchen«, antwortete Wolff heftig. »Es ist um Resnecs willen schon viel zu viel Blut geflossen.«

Einen Herzschlag lang sah er Erik fast zornig an, dann seufzte er, schüttelte den Kopf und sah sich in der kleinen Hütte um. »Was wir brauchen, ist ein guter Plan«, fuhr er in unverändertem Tonfall fort. »Und etwas zu essen. Mein Magen knurrt so, dass ich kaum noch denken kann.« Er stand auf und begann die kärgliche Einrichtung der Hütte hastig zu untersuchen, aber alles, was er fand, war ein Tonkrug mit nicht besonders gut riechenden Beeren. Er kostete davon, spie sie jedoch angewidert aus und stellte den Krug wieder zurück. »Erschlagen werden sie uns vielleicht nicht mehr«, meinte er übellaunig. »Aber wir werden verhungern, ehe die Sonne untergeht.«

Tibor stand auf. »Ich werde Barok nach Essen fragen«, sagte er. Wolff blickte ihn zweifelnd an, widersprach jedoch nicht und auch Erik verzog nur das Gesicht zu einer Grimasse, die wohl so etwas wie Zustimmung bedeuten sollte, sodass Tibor sich ohne ein weiteres Wort umwandte und aus der Hütte trat.

Nach dem schattigen Halbdunkel, in dem sie mehr als eine Stunde verbracht hatten, blendete ihn das grelle Sonnenlicht, sodass er stehen blieb und blinzelnd die Hand vor die Augen hob. Als sich sein Blick klärte, erkannte er einen von Baroks Männern, der unmittelbar neben dem Eingang stand und sich auf einen Speer stützte. Der Räuber sagte kein Wort und er versuchte auch nicht Tibor am Verlassen der Hütte zu hindern. Aber allein seine Anwesenheit verriet Tibor, dass Baroks Vertrauen zu ihnen wohl doch noch nicht so groß war, wie er sie hatte glauben machen wollen.

Er nickte dem Mann zu, drehte sich herum und hielt nach Barok Ausschau.

Er gewahrte den Räuber auf der anderen Seite der Lichtung, wo er gerade dabei war, zusammen mit der Hand voll Männer, die ihm geblieben war, einen gut metertiefen Graben auszuheben.

Tibor verspürte einen kurzen, unangenehmen Schauer. Die Plünderer hoben ein Grab aus, ein Grab für ihre erschlagenen Kameraden …

Sein Blick suchte die in Leinen gehüllten Leichen und wieder war es, als schlösse sich eine eiskalte Hand um sein Herz und drücke es ganz langsam zusammen. Was er spürte, war kein Hass. Er verspürte nicht einmal

Zorn, wenn er an Resnec dachte, sondern nur eine tiefe Hilflosigkeit, die schlimmer war als alles andere. Der Mord an diesen Männern war so vollkommen sinnlos gewesen! Aber war Gewalt das nicht immer?

Er verscheuchte den Gedanken, ging zu Barok hinüber und wartete, bis der Plünderer von selbst seine Anwesenheit bemerkte und endlich im Graben innehielt.

»Was willst du?«, fragte Barok grob.

»Wir … sind hungrig«, antwortete Tibor stockend. Mit einem Mal kam es ihm fast ketzerisch vor, angesichts all dieser Toten von etwas so Banalem wie Essen zu sprechen. Trotzdem fuhr er mit einem raschen entschuldigenden Lächeln fort:

»Wir haben seit zwei Tagen nichts mehr gegessen und in der Hütte sind nur ein paar Beeren …

»Die sind schlecht«, sagte Barok. »Lasst die Finger davon. In dem Wagen dort hinten …« Er brach ab, blickte Tibor einen Moment durchdringend an und schüttelte den Kopf. »Warte«, befahl er, »ich zeige es dir.« Er legte seine Schaufel beiseite, sprang mit einem federnden Satz aus dem schon mehr als knietiefen Graben heraus und wies mit einer Kopfbewegung auf einen der umgestürzten Wagen.

Tibor folgte ihm schweigend. Barok kramte einen Laib Brot, Käse und einen mit rotem Tuch verschlossenen Silberkrug aus dem wirr durcheinander liegenden Beutestapel hervor. Schweigend nahm Tibor alles entgegen und schüttelte schließlich den Kopf, als er so beladen war, dass er beim besten Willen nichts mehr tragen konnte. Aber er machte auch keine Anstalten, sich umzudrehen und zu Wolff und Erik zurückzugehen.

Barok blickte ihn durchdringend an. »Was ist jetzt noch?«, fragte er grob. »Reicht das nicht?«

»Doch, doch«, versicherte Tibor hastig. »Das ist genug, um zehn Männer satt zu bekommen. Aber ich … ich bin nicht nur hier, weil ich Hunger habe.«

Barok nickte. »Das dachte ich mir auch. Aber wenn du nur hierher gekommen bist, um mich weiter mit Worten zu bestürmen, dann …«

»Das ist es nicht«, unterbrach ihn Tibor. »Ich … ich wollte dir sagen, wie Leid es mir tut, Barok. Das ist alles.«

Der Plünderer starrte ihn an und mit einem

Mal kam er Tibor viel weniger bedrohlich und hart vor. In seinen Augen stand ein Ausdruck, den sich Tibor beim besten Willen nicht erklären konnte. Es fiel ihm sehr schwer, sich in Erinnerung zu rufen, dass dies derselbe Mann war, der ihn noch vor Tagesfrist dem sicheren Tode ausgeliefert hatte.

»Ich weiß auch nicht, warum«, sagte Barok plötzlich. »Aber ich glaube dir. Dabei hätte ich allen Grund, dir gleich hier die Kehle durchzuschneiden.« Er seufzte, und als er weitersprach, tat er es in einer Art, die die Wahl seiner Worte Lügen strafte.

»Alles war gut, bevor du gekommen bist«, meinte er. »Und wenn man es recht bedenkt, hätte sich dieser Resnec nicht einmal die Mühe gemacht, uns zur Kenntnis zu nehmen, wärst du nicht aufgetaucht.«

»Ich weiß«, antwortete Tibor leise. »Die … die Männer, die hier gestorben sind, waren das … Freunde von dir?«

»Einer war mein Bruder«, antwortete Barok, seufzte abermals und versuchte zu lächeln, was ihm aber nicht ganz gelang. »Der Rest war Diebespack, wenn du es genau wissen willst. Lumpengesindel, um das es nicht einmal schade ist.« Er deutete mit einer zornigen Geste auf das halb ausgehobene Grab. »Die Hälfte von ihnen hätte mir ohne mit der Wimper zu zucken die Kehle durchgeschnitten, um einen größeren Anteil an der Beute zu haben. Aber es waren meine Männer, Tibor. Sie haben mir vertraut, sie und ihre Familien, die auf sie warten, und ich habe sie in den Tod geführt.«

Tibor blickte den schwarzhaarigen Räuber verstört an. Barok überraschte ihn immer wieder.

Die Worte, die er gerade gehört hatte, hätten wohl eher zu einem Ritter gepasst als zu einem Wegelagerer.

»Du bist kein Straßenräuber, Barok«, behauptete er plötzlich. »Was tust du bei diesen Männern? Wieso plündert ein Mann wie du die Häuser anderer aus und gibt sich mit Diebesgesindel ab?«

»Vielleicht weil er Hunger hat«, antwortete Barok mit einem rauen Lachen. »Aber das kennt der junge Herr nicht, wie? Wahrscheinlich bist du auf einer Burg aufgewachsen, die im Winter behaglich geheizt war, und im Sommer hast du deine Tage mit Jagen und Ritterspielen verbracht.« Er spie aus. »Du hast gut reden! Hast du je gespürt, wie weh Hunger tut?«

»Das habe ich«, antwortete Tibor ernst. »Du täuschst dich, Barok. Ich trage zwar Rüstung und Schwert eines Ritters, aber ich habe dieses Leben kennen gelernt, von dem du sprichst.«

»Dann war deine Frage ausgesprochen dumm!«, fuhr Barok auf. »Glaubst du, es macht mir Spaß, als Leichenfledderer zu leben? Oder irgendeinem dieser Männer?« Er schüttelte zornig den Kopf. »Es sind ein paar darunter, denen ein Menschenleben nicht viel gilt, und manche, vor denen auch ich mich fürchte. Aber die meisten würden dieses Leben sofort gegen das eines ehrlichen Bauern oder auch nur Tagelöhners tauschen. Das ist ja auch der Grund, aus dem wir hier sind«, fügte er ganz leise hinzu.

Tibor sah ihn stirnrunzelnd an. »Wie meinst du das?«

Barok drehte sich herum, atmete hörbar ein und schwieg eine ganze Weile. Sein Blick war auf den gegenüberliegenden Waldrand gerichtet, aber seine Augen waren leer; Tibor war sicher, dass er in Wahrheit etwas ganz anderes sah. Als er sprach, klang seine Stimme sehr sonderbar, fast wie die eines Mannes, der im Traum redete.

»Es ist drei Wochen her«, begann er, »als ich die Stadt leer fand. Meine Familie lebt auf einem schäbigen Hof drei Tagesreisen von hier, kaum groß genug, uns alle zu ernähren.«

»Und als du die Stadt verlassen vorgefunden hast, hast du den Plan gefasst …«

»Mir zu nehmen, was keinem mehr gehört, und für mich und die Meinen ein erträgliches Leben zu kaufen, ja!«, unterbrach ihn Barok zornig. »Ich kam hierher auf der Suche nach Arbeit, aber es war keiner mehr da, den ich fragen konnte. Das ganze Zeug da –«, er deutete mit einer fast angewiderten Geste auf die mit Beute beladenen Wagen, »– gehört niemandem mehr. Warum sollte ich es mir nicht nehmen, ehe ein anderer kommt und es tut?«

»Woher willst du wissen, dass seine Besitzer nicht genauso plötzlich zurückkommen, wie sie verschwunden sind?«, fragte Tibor.

Barok schnaubte. »Und wenn? Was tun wir denn anderes als die Herren Ritter auf ihren schönen weißen Pferden? Meine Eltern hatten einen Hof, der guten Ertrag abwarf, und als ich zehn Jahre alt war, kam ihr Lehnsherr und verjagte sie, nur um irgendeinen buckligen Vetter oder Großneffen seines Onkels darauf zu setzen!« Er ballte wütend die Faust. »Ja, wir stehlen und plündern!«, sagte er heftig. »Aber wir tun nichts anderes als alle, nur dass das Adelspack glaubt, ein Recht dazu zu haben.«

Tibor schwieg. Baroks plötzlicher Ausbruch machte ihn betroffen, denn die Worte des vermeintlichen Straßenräubers enthielten nur zu viel Wahrheit.

»Und … die anderen?«, fragte er nach einer Weile.

»Stießen nach und nach dazu«, antwortete Barok. »Ein paar von ihnen sind wirklich Räuber. Es war eine ganze Bande, acht Mann und ihr Anführer. Ich musste ihn töten.«

Tibor schauderte. Aber er fragte Barok nicht, warum und wie.

»Es war wohl nur ein Traum«, murmelte Barok. »Für ein paar Tage dachte ich wirklich, er würde sich erfüllen. Mit dem, was wir hier gefunden haben, hätten wir alle fortgehen und ein neues Leben beginnen können. Zum Teufel, Tibor, ich wollte doch keine Reichtümer, sondern nur ein Haus, um im

Winter nicht frieren zu müssen, und ein Stück Land, das genug Korn trägt, dass meine Kinder sich nicht vor Hunger in den Schlaf weinen. War denn das zu viel verlangt?«

Tibor schwieg. Er fühlte sich unbehaglich. Er war hier herausgekommen, um mit Barok zu reden, aber mit einem Mal sah er sich einem ganz anderen Mann gegenüber als dem, der sie gefangen genommen hatte.

»Vielleicht solltest du wirklich fortgehen«, sagte er leise. »Nimm deine Männer und deine Beute und geh nach Hause. Noch ist es nicht zu spät, deinen Traum zu verwirklichen.«

»Er ist längst zum Albtraum geworden«, murmelte Barok. »Ich kann nicht fortgehen, Tibor. Mein Bruder liegt erschlagen dort hinten und ein paar Männer, die mir vertraut und meinen Traum geteilt haben. Was soll ich ihren Frauen sagen, wenn ich zu ihnen zurückkomme? Soll ich ihnen einen Beutel voller Gold auf den Tisch legen und ihnen erzählen, dass ich dafür das Leben ihrer Männer eingetauscht habe?«

»Du machst sie nicht wieder lebendig, wenn du Resnec …«

»Das weiß ich auch!«, fuhr Barok auf.

»Wer bist du, dass du mir sagen kannst, was ich zu tun habe? Aber ich werde ihren Frauen und Kindern den Kopf ihres Mörders zu Füßen legen! Resnec wird bezahlen, das schwöre ich, für jeden Blutstropfen, der hier geflossen ist.«

»Heißt das, dass du uns hilfst?«, fragte Tibor.

Barok lachte böse. »Helfen?« Er schüttelte den Kopf. »O nein, Bürschchen. Ich weiß nicht, welchen Streit ihr, du und deine beiden Freunde, mit Resnec habt. Ich will Rache, weiter nichts. Wenn ihr mir dabei helfen wollt, in Ordnung. Wenn nicht, dann wäre es besser, wenn ihr mir nicht mehr in die Quere kommt.«

Tibor setzte dazu an, etwas zu sagen, schwieg aber dann doch. Er spürte, wie sinnlos es gewesen wäre, jetzt noch einmal in Barok dringen zu wollen. Für einen Moment hatte er hinter Baroks Maske geblickt und den Mann gesehen, der er wirklich war. Aber der Augenblick war vorbei und vor ihm stand wieder der Anführer der Räuberbande. Vielleicht gab es auch beide Männer. Aber gleich wie – er spürte, dass Barok jetzt nicht mehr auf seine Fragen antworten würde.

Barok deutete mit einer kurzen Geste auf die Nahrungsmittel in Tibors Armen. »Und jetzt geh zu deinen Freunden und bring ihnen das Essen. Sobald die Sonne untergeht, brechen wir auf.«

»Wohin?«, fragte Tibor. »Zurück in die Stadt?«

Barok nickte. »Ja. Ich will mir diese sonderbare Burg ansehen, von der du behauptest, dass sie nur nachts existiert. Und eines«, fügte er ganz leise, aber in sehr drohendem Tonfall hinzu, »lass dir noch gesagt sein: Ihr bleibt unsere Gefangenen, bis wir sehen, ob ihr die Wahrheit gesprochen habt. Und wenn du gelogen hast, Bursche, dann gnade dir Gott! Denn ich werde es nicht tun.«

Mit dem letzten Licht des Tages setzten sie über den Fluss und betraten die Stadt. Tibor fühlte sich noch immer schläfrig, obwohl er und die beiden anderen den größten Teil des Tages verschlafen hatten und erst eine halbe Stunde zuvor von Barok geweckt worden waren. Aber auch der letzte Rest von Müdigkeit verflog sofort, als sie nebeneinander durch das Tor ritten und die Stadt mit ihren Schatten und ihren endlosen leeren Straßen vor ihnen lag.

Nichts hatte sich verändert. Die Straße lag breit und verlassen vor ihnen und der einzige Laut, der außer dem Echo ihrer eigenen Hufschläge zu hören war, war das an- und abschwellende Heulen des Windes. Tibor lauschte einen Moment, angstvoll darauf gefasst, wieder die unheimlichen Stimmen zu hören. Aber diesmal waren sie nicht da. Der Wind war wirklich nicht mehr als Wind und die Schatten nicht mehr als Schatten, keine finsteren Dinge, in denen Geister und gestaltlose Schrecken lauerten.

»Nun?«, fragte Barok. »Wo ist sie jetzt, eure Burg?«

Wolff deutete mit einer vagen Geste nach Norden, die Straße hinunter und tiefer in die Stadt hinein. »Dort«, sagte er. »Vielleicht eine Meile jenseits des großen Platzes. Vielleicht etwas weniger.«

»Eine Meile, so?«, wiederholte Barok nachdenklich. »Eine Meile hinter dem Marktplatz ist gar nichts mehr. So groß ist die Stadt nicht.«

»Jetzt noch nicht«, antwortete Wolff ungerührt. »Warte ab, bis es dunkel ist.«

Barok setzte zu einer scharfen Antwort an, besann sich dann aber eines Besseren und schlug seinem Pferd die Absätze in die Seiten, sodass das Tier mit einem erschrockenen Wiehern lossprang. Auch die anderen Räuber setzten sich in Bewegung, und Tibor, Erik und Wolff mussten ihm folgen, ob sie nun wollten oder nicht.

Tibor war sich vollkommen darüber im

Klaren, dass sie noch immer Gefangene waren. Die Schwertscheide an seinem Gürtel war leer und das halbe Dutzend Reiter in ihrer Begleitung hatte einen lockeren Ring um sie gezogen, sodass jeder Gedanke an Flucht von vornherein ausgeschlossen war. Einen Moment lang dachte er darüber nach, was wohl geschehen würde, wenn die Burg bei Sonnenuntergang nicht auftauchen sollte. Aber er brach diese Überlegung ab, weil sie doch zu keinem Ergebnis führte.

Einige Zeit bewegten sie sich durch die ausgestorbenen Straßen der Stadt. Sie erreichten und überquerten den Marktplatz, ritten weiter und verließen schließlich die Hauptstraße. Obwohl die Sonne bereits unter den gemauerten Horizont der Stadtmauer gesunken und die Schatten länger geworden waren, war es noch nicht vollends dunkel. Barok hob plötzlich die Hand, zügelte sein Pferd und deutete auf einen schmalen, an drei Seiten von fensterlosen Ziegelsteinmauern umgebenen Innenhof.

»Sitzt ab«, sagte er. »Wir lassen die Pferde hier zurück. Es kann nicht mehr weit sein.«

»Wozu das?«, fragte Erik. »Warum zu Fuß gehen, wenn wir bequem reiten können?«

Barok ließ einen Laut hören, der wie eine Mischung aus Lachen und einem unwilligen Knurren klang, und schwang sich aus dem Sattel, ohne auf Eriks Frage einzugehen.

»Die Stadt ist vollkommen leer«, sagte Wolff an seiner Stelle. »Man hört unseren Hufschlag meilenweit, Erik. Barok hat Recht. Es ist besser, wir lassen die Pferde hier zurück.«

Erik widersprach nicht mehr, aber sein Gesichtsausdruck zeigte sehr deutlich, was er von der Idee hielt, zu Fuß durch diese unheimliche Stadt zu gehen. Und auch Tibor war nicht besonders angetan von diesem Gedanken; es konnte ja sein, dass sie ihre Pferde noch sehr dringend brauchten, um möglichst schnell von hier verschwinden zu können. Aber er sah auch ein, dass Barok Recht hatte, und so stieg er – wenn auch widerstrebend – aus dem Sattel der Graustute und führte das Tier in den Hof, wo einer von Baroks Männern die Zügel entgegennahm und mit denen der anderen zusammenband.

Der Wind schien kälter zu werden, als er wieder auf die Straße hinaustrat und neben Wolff und Barok stehen blieb.

Es wurde jetzt rasch dunkel und die Häuser zu beiden Seiten verblassten zu schwarzen Schatten, in denen Fenster und Türen wie dunkle Wunden wirkten. Tibor schauderte. Normalerweise glaubte er nicht an Gespenster und böse Geister, aber in dieser Stadt war irgendetwas Unheimliches, Drohendes. Es war kein Zufall, dass ihm immer wieder solch sonderbare Gedanken durch den Kopf gingen, wenn er hier war. Die Furcht kam nicht aus ihm selbst. Es war die Stadt, die ihn solche Dinge denken ließ. Sie oder irgendetwas in ihr.

Schweigend gingen sie weiter, erreichten das Ende der Straße und blieben einen Moment stehen um sich zu orientieren. Viel zu sehen gab es allerdings nicht: Die Nacht war jetzt vollends hereingebrochen und alles, was weiter als zehn, fünfzehn Schritte entfernt war, lag hinter einem blauschwarzen Schleier verborgen. Und doch ... Irgendetwas war da. Tibor spürte es deutlich. Und nicht nur er. Auch Barok und die anderen blickten immer nervöser nach rechts und links und mehr als einmal fuhr einer der Männer erschrocken zusammen, wenn sich irgendetwas zu bewegen schien.

Sie überquerten eine weitere Straßenkreuzung, dann noch eine und blieben abermals stehen. Vor ihnen lag ein großer, halbkreisförmiger Platz, dessen gegenüberliegende Grenze von einer mehr als zwanzig Meter hohen Wand aus grauschwarzem Sandstein gebildet wurde.

»Die Stadtmauer«, sagte Barok düster. »Wo ist jetzt eure famose Burg?« Seine Hand legte sich in einer eindeutig drohenden Geste auf das Schwert, das er an der Seite trug. »Wenn ihr euch einen Scherz mit mir erlaubt habt, dann war es euer letzter«, fügte er hinzu.

Tibor sah sich mit wachsender Nervosität um und auch Wolff hatte viel von seiner Ruhe verloren. Sein Blick huschte über die dunkel daliegenden Häuser, den Platz und die Mauer und die Straße hinter ihnen. »Ich ... bin mir nicht sicher«, murmelte er. »Aber es muss irgendwo hier gewesen sein. Vielleicht noch ein Stück weiter nördlich.«

»Oh, dann seid ihr vielleicht über die Mauer gestiegen um Resnecs Männern zu entkommen, wie?«, erkundigte sich Barok böse.

»Zum Teufel, die Mauer war nicht da!«, begehrte Wolff auf. »Die Straße ging weiter, noch ein gutes Stück, und ...«

»Ungefähr so wie jetzt?«, fragte Erik ruhig.

Tibor starrte den hünenhaften Nordmann einen Herzschlag lang verwirrt an, dann fuhr er herum, blickte in die Richtung, in die Eriks ausgestreckte Hand deutete – und unterdrückte im letzten Moment einen Schrei.

Die Stadtmauer und die davor liegenden Häuser waren zwar noch da, aber gleichzeitig erstreckte sich vor ihnen auch eine Straße, gesäumt von finsteren, leicht gegeneinander geneigten Häusern.

Es war, als sähe er zwei Bilder gleichzeitig vor sich, gemalt auf durchscheinendem Pergamentpapier, sodass das eine durch das andere hindurchschimmerte. Es war das Unheimlichste, was Tibor jemals gesehen hatte.

»Großer Gott, was ist das?«, flüsterte Barok. Seine Stimme zitterte und es gelang ihm jetzt nicht mehr, die Furcht zu unterdrücken.

»Resnecs Zauber«, antwortete Wolff leise. »Glaubst du uns jetzt, Barok?«

Barok schwieg, aber sein Blick huschte immer wieder nervös zwischen Wolff und der so plötzlich aus dem Nichts aufgetauchten Straße hin und her.

»Gehen wir weiter«, murmelte Tibor.

Barok zögerte. Seine Finger spielten nervös an seinem Schwert und in seinem Blick war plötzlich ein alarmierendes Flackern.

»Tibor hat Recht, Barok«, sagte Wolff beinahe beschwörend. »Wir müssen die Burg erreichen, ehe Resnecs Leute herauskommen. Wenn sie uns entdecken, ist es aus!«

Barok antwortete immer noch nicht; aber schließlich nickte er doch und sie gingen weiter.

Tibor verspürte einen eisigen Schauer, als sie die nun nur noch schattenhaft erkennbare Stadtmauer erreichten – und einfach hindurchtraten. Er war nicht der Einzige, dessen Schritte stockten, als sie die Linie überschritten, an der Augenblicke zuvor noch massiver Stein gewesen war.

Tibor wusste auch nicht, wie lange sie so durch die nachtdunklen Straßen dieser so jäh aufgetauchten Stadt gegangen waren, schweigend, schnell und dicht zusammengedrängt. Es kam ihm wie Stunden vor, obwohl es in Wahrheit wohl nur Minuten gewesen sein konnten.

Erst als die Stadtmauer und die unheimliche Schattengrenze schon weit hinter ihnen lagen, blieb Barok abermals stehen und sah sich um.

»Wir sind noch nicht da«, belehrte ihn Wolff. »Es ist noch …«

Barok brachte ihn mit einer wütenden Geste zum Verstummen und blickte nach rechts. Von der sauber gepflasterten Hauptstraße, auf der sie gingen, zweigte eine schmale, halb mit Unrat und leeren Fässern und Kisten voll gestellte Gasse ab.

Und an ihrem Ende bewegten sich Schatten …

Es waren aber nicht die Schatten der Häuser oder die Dunkelheit der Nacht, die aus dem Boden, den Wänden und selbst aus der Luft zu sickern schienen, sich zu Wirbeln und bizarren Umrissen und Formen zusammenballten und wieder auseinander trieben, tanzend wie vom Wind bewegt und von unheimlicher, irgendwie drohender Bewegung erfüllt.

»Die Geister!«, keuchte einer von Baroks Männern. »Das … das sind die Geister! Wir sind verloren! Sie werden …«

Barok fuhr herum, packte den Mann bei den Aufschlägen seiner schmuddeligen Jacke und schlug ihm mit dem Handrücken über den Mund. »Wirst du wohl gleich das Maul halten, Kerl!«, fauchte er. »Das da ist nichts! Nur ein paar Schatten!« Aber bei diesen Worten blickte Barok Tibor an und in seinen Augen war dieselbe, fast übermächtige Furcht, die auch nach den Herzen der anderen gegriffen hatte.

Nervös blickte Tibor in die Gasse hinein. Die Schatten waren nicht näher gekommen, aber ihr Wogen und Tanzen war stärker geworden.

Beinahe glaubte er so etwas wie Körper dahinter zu erkennen, rauchige Arme mit zu vielen Händen und zu vielen Fingern, schemenhafte Gesichter, die ihn mit leeren Augen anstarrten, Münder, die wie zu einem stummen Schrei verzweifelter Hilflosigkeit geöffnet waren ...

Und plötzlich begriff er, dass es dieselben unheimlichen Schatten waren, auf die sie am Abend zuvor gestoßen waren. Mit einem Mal hörte er auch wieder die Stimmen; dieselben wispernden Stimmen, die ihnen am Morgen zugeschrien hatten, die Stadt zu verlassen, nicht näher zu kommen, sondern zu fliehen, so schnell und so weit sie nur konnten.

Aber diesmal war nichts Drohendes mehr in ihnen, sondern ein verzweifeltes Flehen um Hilfe.

»Was ist das, Tibor?«, fragte Barok ängstlich.

Einen Moment lang war Tibor ernsthaft versucht Barok von seinen sonderbaren Empfindungen zu erzählen; aber dann schüttelte er nur den Kopf.

»Nichts«, sagte er rau. »Sie ... sie werden uns nichts tun. Aber nun kommt weiter, schnell!«

Dieses Mal musste er die Räuber nicht zum Weitergehen auffordern – im Gegenteil. Fluchtartig verließen sie diesen unheimlichen Ort und gingen eilig die große Straße entlang.

Plötzlich blieb Barok abermals stehen und auch Tibor prallte mitten im Schritt zurück, als wäre er gegen eine unsichtbare Wand gelaufen.

Vor ihnen lag ein weiter, unbebauter Platz, von finsteren, zwei- und dreigeschossigen Häusern gesäumt und vollkommen leer.

Und dann erschien die Burg.

Es ging ganz schnell und es geschah ohne jeglichen Laut.

Es war, als balle sich die Dunkelheit vor ihnen zusammen. Im ersten Moment sah Tibor nichts als Schatten. Es entstand eine Art Bewegung, ein Gleiten und Fließen wie von dunklem Wasser, und wo vorher nur leerer Raum und die schattenhaften Schemen von Häusern gewesen waren, erhob sich von einem Atemzug auf den anderen als schwarzer Koloss die Burg, deren sonderbar gerundete Zinnen mit der Farbe des Nachthimmels verschmolzen, sodass ihre wirkliche Größe nur zu ahnen war.

»Großer Gott!«, stammelte Barok. »Das ... das ist pure Hexerei! Das ist das Werk des Teufels!«

»Nicht ganz«, antwortete Wolff düster. »Aber das Ergebnis wird für uns gleich bleiben, wenn wir noch lange hier herumstehen. Schau zum Tor!«

Barok gehorchte – und fuhr abermals erschrocken zusammen.

Das gewaltige Fallgatter, an dem Tibors und Eriks Rettungsaktion beinahe ein so jähes Ende gefunden hätte, hatte sich schon fast zur Hälfte gehoben und dahinter waren die finsteren Umrisse von einem guten Dutzend Reiter zu erkennen. Leises Waffenklirren und das unruhige Schnauben der Pferde wehten zu ihnen herüber, während sich das rostige Eisengitter langsam weiter in die Höhe quälte.

Und endlich erwachte auch Barok aus seiner Erstarrung. »Zurück!«, befahl er scharf. »Verbergt euch irgendwo. Und wenn einer von euch auch nur einen Laut hören lässt, kriegt er es mit mir zu tun!«

Seine Worte wären wohl nicht einmal nötig gewesen, denn allen saß der Schrecken über die buchstäblich aus dem Nichts auftauchende Burg noch so tief in den Knochen, dass sie ohnehin im Augenblick keinen anderen Wunsch hatten, als sich irgendwo zu verkriechen.

Als sich das Fallgatter vollends gehoben hatte und die Reiter aus der Burg sprengten, lagen sie alle sicher verborgen in Türen oder Fensteröffnungen und die Dunkelheit, die sie bisher so mit Furcht erfüllt hatte, war plötzlich zu ihrem Verbündeten geworden.

Auch Tibor hatte sich in den Schatten einer Tür geschmiegt und hielt vor Anspannung den Atem an.

Die Reiter – es waren weit mehr, als er im ersten Moment geglaubt hatte – hatten sich zu drei etwa gleich großen Gruppen formiert und schwärmten jetzt in verschiedenen Richtungen aus; wobei ein Trupp von vielleicht acht oder zehn Mann so dicht an Tibors Versteck vorüberpreschte, dass er nur die Hand hätte auszustrecken brauchen, um sie zu berühren. Es war zu dunkel und die Reiter waren viel zu schnell, als dass er Einzelheiten erkennen konnte, aber er sah zumindest, dass es sich um ausgesucht kräftige Männer zu handeln schien: breitschultrige Krieger in schweren Kettenhemden und Panzern, bis an die Zähne bewaffnet und mit Händen, die zuzupacken und zu kämpfen gewohnt waren. Mit einem Mal kam ihm ihr ganzes Unternehmen schlichtweg wahnsinnig vor. Sie waren nicht einmal ein Dutzend und weniger als die Hälfte von ihnen wusste auch nur mit einem Knüppel umzugehen, geschweige denn mit Schwert und Schild: Und mit so einer Truppe hatte er sich vorgenommen eine Burg zu erobern! Es war geradezu lächerlich!

Tibor wartete mit angehaltenem Atem, bis der Hufschlag verklungen war und sich die Stille der Nacht wieder über die Straße gesenkt hatte. Erst dann wagte er es, vorsichtig aus seinem Versteck hervorzutreten und zu den anderen hinüberzuhuschen.

»Wer waren diese Männer?«, fragte Barok verstört. »Resnecs Krieger?«

Wolff nickte. »Ja. Sie suchen uns. Das heißt, Tibor, Erik und mich.«

»Dann waren es dieselben, die meine Männer ermordet haben«, flüsterte Barok. Irgendetwas war in seiner Stimme, das Tibor aufhorchen ließ, und auch in Wolffs Augen blitzte es alarmiert auf.

»Das ist nicht gesagt«, meinte er rasch, »und selbst wenn, der wahre Schuldige ist Resnec. Und der ist dort drinnen.« Er deutete mit einer Kopfbewegung zur Burg hinüber. »Aber außer ihm sind garantiert noch mehr Krieger da. Durch das Tor können wir jedenfalls nicht hinein.«

Barok schwieg. Seine Hand schloss sich fest um das Schwert und Tibor sah, wie sich sein Gesicht für einen Moment vor Hass verzerrte. Mit einem Mal war er sich nicht mehr sicher, in Barok wirklich den richtigen Verbündeten gefunden zu haben.

»Wie viele Krieger hat er?«, fragte Barok schließlich.

Wolff zuckte mit den Schultern. »Ich weiß

es nicht. Aber ein paar hundert sicher. Es wäre Selbstmord, wenn wir versuchten, durch das Tor zu gehen.«

Barok zog eine Grimasse. »Oh, sicher«, sagte er böse. »Dann müssen wir ja nur abwarten, bis uns Flügel gewachsen sind, und dann über die Mauer fliegen, wie?« Er schnaubte. »Wozu hast du mich hierher geführt, Wolff? Um mir zu sagen, dass wir wieder umkehren sollen?«

Wolff schüttelte den Kopf, blickte noch einmal zur Burg hinüber und überlegte einen Moment. »Die Mauer ist hoch«, murmelte er. »Aber nicht zu hoch.« Er wandte den Kopf und sah Tibor an. »Du könntest es schaffen.«

»Was?«, brummte Barok böse. »Hinüberfliegen?«

Wolff zog es vor, gar nicht darauf zu antworten. »Traust du dir zu, die Mauer zu ersteigen?«, fragte er.

Tibor antwortete nicht gleich, sondern blickte wie Wolff zuvor einen Moment lang zur Mauerkrone empor. Wenn er sich nicht zu sehr verschätzte, mussten es gute zwanzig Meter vom Boden bis zu den sonderbar rund geschliffenen Zinnen sein. »Es sollte klappen«, murmelte er schließlich – wobei er allerdings nicht halb so viel Zuversicht verspürte, wie er in seine Worte legte. »Aber ich brauche Zeit. Und ein kräftiges Seil.«

»Du willst an dieser Mauer hinaufsteigen?«, entfuhr es Barok. »Du musst verrückt sein, Bursche.«

»Nein«, antwortete Tibor lächelnd. »Nur schwindelfrei.«

Wolff lachte leise, während ihn Barok aus großen Augen anstarrte. Tibor trat einen Schritt in den Schatten der Gasse zurück, streifte Helm und Schild ab und löste die ledernen Schnallen, die seine Rüstung zusammenhielten. Auf einen Wink Wolffs hin halfen ihm Erik und einer der Plünderer, sich seiner gesamten Rüstung zu entledigen, bis er nur noch mit Hosen und Kettenhemd bekleidet zwischen ihnen stand. Nach einem weiteren, ungeduldigen Wink von Wolff brachte Barok auch das verlangte Seil, blickte Tibor aber weiter voll unverhohlenem Zweifel an.

»Das ist doch verrückt!«, schimpfte er, während er Tibor das aufgerollte Tau reichte. »Nicht einmal eine Eidechse käme an dieser Wand hoch!«

Tibor lächelte zuversichtlich. »Nur keine Sorge, Barok«, sagte er. »Ich habe nicht nur trinken und tanzen gelernt, dort, wo ich aufgewachsen bin.« Er hängte sich die Seilrolle über die Schulter, überprüfte pedantisch ihren Sitz, machte einen Schritt auf die Burg zu, blieb dann aber noch einmal stehen, um schließlich aus den Stiefeln zu schlüpfen. Die Kälte ließ ihn frösteln, als seine nackten Fußsohlen das Straßenpflaster berührten. Seine Finger und Zehen prickelten mit einem Mal vor Aufregung.

»Und du bist sicher, dass du es schaffst?«, fragte Barok noch einmal.

»Wenn es einer schafft, dann Tibor«, antwortete Wolff an seiner Stelle.

»Und wenn nicht, müsst ihr euch eben etwas anderes einfallen lassen«, fügte Tibor mit einem schiefen Lächeln hinzu. »Aber ich fürchte, ich kann euch dann nicht mehr helfen.« Er atmete tief und hörbar ein, drehte sich noch einmal zu Barok um und streckte die Hand aus.

»Gib mir ein Messer«, sagte er.

Baroks Hand fuhr automatisch zum Gürtel, führte die Bewegung aber nicht zu Ende. Mit einem Mal blitzte wieder das alte Misstrauen in den Augen des Plünderers auf. »Wozu?«, wollte er wissen.

»Was, denkst du, soll er tun, wenn er auf einen Wächter trifft?«, fragte Wolff wütend. »Soll er vielleicht mit ihm um sein Leben würfeln?«

Barok starrte den jungen Rabenritter einen Herzschlag lang wütend an, zog dann aber doch den Dolch aus dem Gürtel und schluckte dic scharfe Entgegnung, die ihm auf der Zunge gelegen hatte, mit sichtlicher Mühe hinunter.

Tibor schob die Waffe unter seinen Hosenbund und deutete mit einer Kopfbewegung nach oben. »Ihr wartet zehn Minuten, nachdem ich oben bin«, sagte er. »Wenn ihr dann nichts von mir hört, sucht euch einen anderen Bergführer.«

Wolff lachte, aber seine Augen blieben ernst dabei und auch Erik blickte ihn mit unverhohlener Sorge an. Doch Tibor wandte sich so rasch um, dass keiner der beiden noch Gelegenheit fand, irgendetwas zu sagen. Er hatte Abschiedsszenen wie diese schon immer reichlich albern gefunden. Außerdem wollte er nicht, dass die anderen sahen, wie groß seine Angst war.

Während der Jahre bei Wirbes Gauklertruppe hatte Tibor klettern gelernt. Aber es war eine Sache, einen Baum oder das Strohdach einer Hütte hinaufzusteigen, und eine andere, eine zwanzig Meter hohe Burgmauer zu erklimmen – noch dazu, wenn oben jemand stehen mochte, der ganz entschieden etwas dagegen hatte …

Tibor verscheuchte die Gedanken, warf noch einen sichernden Blick in die Runde und legte das letzte Stück Weges im Laufschritt zurück. Als er die Mauer erreichte, waren Wolff und die anderen nicht mehr zu sehen, wie von der Nacht verschluckt. Eine fast unheimliche Stille hatte sich über der Stadt ausgebreitet. Selbst das leise Wimmern und Heulen des Windes war verstummt.

Tibor blickte noch einmal zum Tor, drehte sich dann herum und sah an der Mauer empor. Von hier unten aus betrachtet, schien sie geradewegs bis in den Himmel hinaufzureichen. Nach einem letzten, sekundenlangen Zögern hob er die Arme, legte beide Hände flach nebeneinander auf die Wand und tastete mit geschlossenen Augen über den rauen Stein. Seine Fingerspitzen fuhren über winzige Risse und Buckel in den gewaltigen

Quadern, fanden eine Lücke und krallten sich fest. Einen Augenblick später löste er den rechten Fuß vom Boden, suchte mit den Zehen festen Halt in einer anderen Fuge und zog sich mit einem entschlossenen Schwung nach oben.

Die ersten Meter waren leichter, als er gedacht hatte. Die Wand war nicht vollkommen lotrecht, sondern ganz sanft nach innen geneigt, und die Fugen zwischen den riesigen Sandsteinquadern waren glücklicherweise breit genug, seinen Fingern und Zehen wenigstens halbwegs sicheren Halt zu bieten.

Trotzdem war er schon nach kürzester Zeit vollkommen außer Atem und trotz der Kälte, die seine Finger- und Zehenspitzen prickeln ließ, am ganzen Leib in Schweiß gebadet. Sein Herz jagte und der raue Stein, an den er sich mit aller Macht klammerte, scheuerte seine Haut wund. Seine Hände waren blutig, ehe er die halbe Strecke zurückgelegt hatte, und das Gewicht der Seilrolle, das er zu Anfang nicht einmal gespürt hatte, zerrte jetzt wie eine Zentnerlast an ihm.

Tibor hatte zwei Drittel der Wand erstiegen, als er für einen Moment innehielt, um Atem zu schöpfen, und in die Tiefe blickte.

Ein Fehler, der ihn um ein Haar das Leben gekostet hätte ... Unter ihm lagen fünfzehn Meter senkrecht abstürzende Wand. Von einer Sekunde auf die andere begannen sich der Himmel und die Stadt um ihn zu drehen. Ein furchtbares Brausen und Rauschen war in seinen Ohren und plötzlich fingen seine Hände und Knie so stark zu zittern an, dass er sich kaum mehr zu halten vermochte. Mit einem entsetzten Keuchen schloss er die Augen, presste die Kiefer so heftig aufeinander, dass es schmerzte, und wartete, bis das Schwindelgefühl hinter seiner Stirn langsam verging. Erst dann wagte er es, die Augen wieder zu öffnen und Hand über Hand weiterzuklettern, den Blick starr auf die Mauerkrone und die gegeneinander geneigten Zinnen gerichtet. Irgendwann – es schien ihm wie eine Ewigkeit – war unter seinen tastenden Fingern nicht mehr senkrecht aufstrebender Sandstein, sondern die Oberkante der Mauer. Mit einer letzten, verzweifelten Anstrengung zog sich Tibor ganz nach oben, kroch zwischen den Zinnen hindurch und ließ sich auf den hölzernen Wehrgang dahinter sinken.

Es dauerte einige Minuten, bis sich Tibors hämmernder Pulsschlag so weit beruhigt hatte, dass er die Kraft fand, sich wieder aufzurichten und sich umzusehen.

Er befand sich auf einem schmalen, von einer durchgebogenen hölzernen Brüstung gesäumten Wehrgang, der zur Rechten nach wenigen Schritten im Nichts endete, denn die morschen Bohlen waren zerborsten, sodass die Tragbalken wie ein hölzernes Drachengebiss sichtbar wurden. Auf der anderen Seite war der Steg weitestgehend unbeschädigt, endete aber nach dreißig, vierzig Schritten vor einer geschlossenen Tür, die ins Innere eines Turmes führte. Nirgends war auch nur das geringste Zeichen von Leben zu sehen.

Vorsichtig richtete sich Tibor auf, nahm das Seil von der Schulter und begann es abzurollen. Seine Hände waren blutig und aufgeschürft. Schon diese einfache Bewegung tat so weh, dass er nur mit Mühe ein schmerzerfülltes Wimmern unterdrücken konnte. Nur mit viel Anstrengung schaffte er es, das Seil um eine der Zinnen zu knoten. Sein Ende warf er in die Tiefe.

Von der anderen Seite der Mauer war nicht der geringste Laut zu hören, aber nach wenigen Augenblicken schon begann das Seil zu zucken und sich zu spannen; Tibor wusste, dass die anderen mit dem Aufstieg angefangen hatten. Einen Moment lang stand er unentschlossen da, dann wandte er sich um, trat an die hölzerne Brüstung des Wehrganges und blickte in die Tiefe. Der Burghof lag wie ein finsteres bodenloses Loch unter ihm. Hier und da war ein Schatten, der vielleicht ein Mensch oder Tier, genauso gut aber auch ein lebloser Steinbrocken sein konnte. Nur hinter einem schmalen Fenster unmittelbar neben dem Tor glomm das gelbe Licht einer Talglampe. Aber nirgends war auch nur die geringste Bewegung zu sehen, nicht der mindeste Laut zu hören. Auch der Wind, dessen Pfeifen und Summen seinen Aufstieg begleitet hatte, war wieder verstummt.

Tibor schauderte. Die Burg lag wie eine ausgestorbene Ruine unter ihm, denn der morsche Wehrgang, auf dem er kniete, war nicht das einzige erkennbare Opfer des Verfalls.

Die Mauer selbst war noch unbeschädigt, aber der Rest der Festung bot einen beinahe bemitleidenswerten Anblick: Die Treppe, die einstmals in den Innenhof hinabgeführt hatte, war zerborsten und zu einem Haufen vermoderter Trümmer zusammengefallen. Moos und schmierige grüne Flechten hatten sich auf der Mauer festgesetzt und die Zinnenkrone des Turmes war auf der nach innen gewandten Seite eingebrochen, sodass es aussah, als wäre ein Stück herausgebissen. Der Hof war mit Unrat und zerbrochenen Steinquadern übersät. Ein fauliger Geruch wehte aus der Tiefe zu ihm herauf. Hätte Tibor es nicht besser gewusst, hätte er geglaubt, die Burg sei vollkommen leer.

Aber das war sie nicht. Ganz und gar nicht. Die Schatten waren da – und Resnec. Tibor konnte seine Anwesenheit spüren.

Und was ist, dachte er schaudernd, wenn Resnec meine Anwesenheit ebenso spürt? Hatte Wolff nicht behauptet, dass der Herr der Schatten seine Nähe fühlen konnte? Was, wenn diese Burg nichts als eine gigantische Falle war, in die sie blind hineintappten?

Er schüttelte die Gedanken ab, drehte sich mit einem Ruck um und wartete voller Ungeduld darauf, dass die anderen über das Seil nach oben gestiegen kamen.

Der Erste, der zwischen den gerundeten Zinnen erschien, war Barok. Sein Gesicht glänzte vor Schweiß, und nachdem Tibor ihm geholfen hatte über die Mauer zu klettern, ließ er sich auf die Knie sinken und saß keuchend und nach Atem ringend sekundenlang mit geschlossenen Augen da. Hinter ihm begann das Seil abermals zu zucken. Tibor beugte sich vorsichtig über die Mauer und erkannte eine schmale, weiß gekleidete Gestalt, die sich geschickt am Ende des Seils emporzog. Es war Wolff. Sein Anblick erleichterte ihn ein wenig. Er wusste selbst nicht, warum, aber er fühlte sich einfach sicherer, wenn der junge Rabenritter in seiner Nähe war.

»Bei allen Teufeln, du hast es wirklich geschafft, Bursche«, keuchte Barok, als er sich zu ihm umwandte. »Ich habe es nicht geglaubt – bis zum letzten Moment nicht.«

»Ich auch nicht«, sagte Tibor lächelnd und streckte Barok die Hand entgegen.

Barok blinzelte, lachte leise und wischte sich mit dem Handrücken den Schweiß von der Stirn, ehe er – Tibors hilfreich dargebotene Rechte geflissentlich ignorierend – sich aus eigener Kraft aufrichtete.

»Was hast du entdeckt?«, fragte er. »Gibt es Wächter?«

»Kaum«, antwortete Tibor. »Es sei denn, sie könnten fliegen.« Er deutete mit einer Kopfbewegung auf das zerborstene Ende des Wehrganges, dann in die andere Richtung. »Der Turm da drüben scheint leer zu sein.«

»Nicht nur der Turm«, sagte Barok nach einem kurzen Blick in die Runde. »Diese verdammte Burg ist nichts als eine Ruine. Wo zum Teufel sind die alle?«

»Vielleicht draußen in der Stadt um uns zu suchen«, meinte Tibor. »Wenigstens hoffe ich es.« Er seufzte, griff unter sein Hemd und zog den Dolch hervor, den ihm Barok gegeben hatte. »Willst du ihn wiederhaben?«, fragte er. »Oder gibst du mir jetzt endlich mein Schwert zurück?«

Barok starrte ihn an. »Warum sollte ich das tun?«, erkundigte er sich misstrauisch.

»Zum Beispiel«, antwortete Tibor ernst, »weil ich dir mit Leichtigkeit das Seil hätte abschneiden können, während du daran emporgeklettert bist.«

Barok wurde blass, als käme ihm diese Möglichkeit erst jetzt richtig zu Bewusstsein, und wahrscheinlich war es auch so. Aber er antwortete noch immer nicht auf Tibors Frage.

»Verdammt, Barok, begreif doch endlich, dass wir auf derselben Seite stehen«, schrie Tibor zornig. Er trat einen Schritt auf den Räuberhauptmann zu, blickte ihn herausfordernd an und deutete mit einer Kopfbewegung in die Burg hinab. »Ich weiß nicht, was uns dort erwartet, Barok«, sagte er, »aber wir werden bestimmt keine Zeit mehr haben, uns gegenseitig unser Vertrauen zu versichern! Wenn wir Resnec gegenüberstehen, ist es vielleicht zu spät, dich um eine Waffe zu bitten.«

Barok zögerte. In seinem Gesicht arbeitete es und für einen Moment meinte Tibor geradezu zu sehen, wie sich die Gedanken hinter seiner Stirn überschlugen. Aber schließlich nickte er zustimmend.

»In Ordnung«, meinte er. »Ich vertraue dir

– auch wenn mir irgendetwas sagt, dass es ein Fehler ist, den ich noch bereuen werde. Sobald dein Freund hier ist, bekommst du ein Schwert. Und dein Freund Wolff auch.«

»Und Erik?«

Barok schnaubte. »Du musst doch wohl wirklich vom fahrenden Volk abstammen!«, schimpfte er. »Kaum reicht man dir den kleinen Finger, verlangst du den ganzen Arm. Was deinen großmäuligen Freund aus dem Norden angeht, wirst du dich ein wenig gedulden müssen. Er wird nicht kommen.«

»Was soll das heißen?«, fragte Tibor alarmiert.

»Das soll heißen, dass er sich nicht traut das Seil hinaufzuklettern«, erwiderte Barok zornig und fügte sehr viel leiser und mit einem fast betretenen Blick über die Schulter hinzu. »So wie die meisten meiner Männer. Sie warten unten auf uns.«

Tibor wollte antworten, aber in diesem Moment erscholl hinter ihnen ein halblautes Keuchen, dann erschien Wolffs Hand über der Mauerkrone und suchte tastend nach Halt.

Tibor und Barok sprangen hastig hinzu und zogen den jungen Ritter mit vereinten

Kräften über die Zinnen, wo er erschöpft zusammensank und gleich ihnen zuvor einige Minuten liegen blieb und nach Atem rang.

Der junge Ritter war schwer beladen. Auf seinem Rücken hing Tibors komplette Rüstung. Und dazu zwei gekreuzte Schwerter, die Tibor verrieten, dass Baroks Entscheidung, ihnen zu trauen, schon längst gefasst gewesen war, während er ihn noch um eine Waffe gebeten hatte.

Tibor schenkte Barok einen zornigen Blick, den dieser mit einem Grinsen quittierte, löste das Bündel von Wolffs Schultern und begann seine Rüstung Stück für Stück wieder anzulegen. Als er fertig war, kletterte der erste von Baroks Männern über die Mauer. Fünf Minuten später folgte der zweite. Sie warteten vergeblich, dass sich das Seil ein weiteres Mal spannte.

Tibor verlor kein Wort mehr darüber. Er konnte es Erik und den anderen nicht einmal übel nehmen, dass sie sich weigerten, ihnen auf diesem Wege zu folgen. Es war nicht unbedingt jedermanns Sache, an einer zwanzig Meter hohen Wand emporzuklettern.

Das Innere der Burg bot einen beinahe noch verfalleneren Anblick als ihr Äußeres. Es hatte ihnen keine Schwierigkeiten bereitet, die Tür am Ende des Wehrganges aufzubrechen; das Holz war so morsch, dass es schon unter dem ersten Anprall von Wolffs Schultern zerbrochen war, und selbst der mit rostigem Eisen beschlagene Riegel, der von innen vorgelegt gewesen war, hatte nur wenige Augenblicke länger standgehalten.

Hinter der Tür lag ein halbrunder, stockfinsterer Raum. Die Luft hier drinnen war so trocken und staubig, dass sie fast ununterbrochen husten mussten. Tibors Gesicht und Hände waren schon nach Augenblicken von schmutzverhangenen Spinnweben verklebt, die wie schwere graue Vorhänge von der Decke wehten. Zudem gab es keine Fenster und das schwache Licht, das von außen hereindrang, beleuchtete nur einen kleinen Bereich hinter der Tür, sodass ihr weiteres Vorwärtskommen zu einem blinden Tasten und Stolpern wurde. Im Nachhinein erschien es Tibor fast wie ein Wunder, dass sich keiner von ihnen ernsthaft verletzte, bis sie den Raum durchquert und den jenseitigen Ausgang gefunden hatten.

Tibors Hoffnung, eine Treppe zu finden, erfüllte sich zwar, aber sie war ausgetreten und morsch und begann unter ihrem Gewicht bedrohlich zu ächzen und zu schwanken. Zudem waren nicht mehr alle Stufen vorhanden; mehr als einmal stieß sein tastender Fuß ins Leere. Das letzte Stück Weges wurde zu einer halsbrecherischen Kletterei über stehen gebliebene Balken und Stufenreste, die vielleicht vor einem Menschenalter begonnen hatten zu Staub zu zerfallen.

Irgendwann erreichten sie – zwar erschöpft und von Kratzern und Schrammen abgesehen – unversehrt wieder festen, aus Stein gemauerten Boden.

Nachdem sie sich eine Weile an einer faulig riechenden Wand entlanggetastet hatten, sahen sie sogar Licht vor sich, wenngleich es auch nur ein schmaler Streifen war, der unter einer Tür hervorschimmerte.

Tibor gebot den anderen mit einer hastigen Geste anzuhalten, schlich auf Zehenspitzen weiter und presste das Ohr gegen das morsche Holz der Tür. Er hörte die Stimmen von einigen Männern und etwas leiser das unruhige Schnauben eines Pferdes, dann ein helles Klirren, das von rauem Gelächter begleitet wurde. So behutsam, wie er nur konnte, legte er die Hand gegen die Tür, drückte sie ein wenig nach außen und spähte durch den entstandenen Spalt.

Die Tür führte auf einen kaum drei Schritte im Quadrat messenden steinernen Balkon hinaus, dessen Brüstung zur Hälfte eingebrochen war. Eine zollstarke Staubschicht auf dem Boden verriet, dass dieser Weg schon lange nicht mehr benutzt worden war, und als er die Tür eine Winzigkeit weiter aufdrückte, sah er steinerne Stufen, die in den darunter liegenden Raum hinabführten.

Unter ihm lag das, was früher einmal der Pferdestall der Burg gewesen sein musste; ein sehr großer Raum, wie Tibor mit einem raschen Blick feststellte, der Platz für sicher hundert oder mehr Tiere geboten hatte. Jetzt jedoch war er so mit Abfällen und Unrat voll gestopft, dass kaum genügend Platz für die beiden Krieger und ihre Tiere blieb, deren Stimmen er gehört hatte.

Tibor beobachtete sie einen Moment aufmerksam, dann drehte er sich herum, ging zu Wolff und Barok zurück und deutete mit einer Geste hinter sich. »Zwei Männer nur«, flüsterte er. »Das heißt, soweit ich erkennen konnte.«

»Was tun sie?«, fragte Wolff.

Tibor zuckte mit den Schultern. »Keine Ahnung. Jedenfalls scheinen sie nicht besonders aufmerksam zu sein, wenn du das meinst. Wenn wir schnell genug sind, können wir sie überwältigen.«

»Worauf warten wir dann noch?«, fragte Barok. Er zog sein Schwert und wollte schon an Wolff vorbeitreten, aber Tibor hielt ihn mit einer raschen Handbewegung zurück.

»Nicht so schnell«, sagte er. »Ein einziger Laut und wir finden uns rascher in Resnecs Kerkern wieder, als du deinen Namen buchstabieren kannst.«

Barok runzelte ärgerlich die Stirn, erwiderte aber nichts.

»Was hast du vor?«, fragte Wolff.

Tibor lächelte unglücklich. »Ich fürchte, es gibt nur einen Weg«, sagte er. »Die Tür führt auf einen kleinen Balkon hinaus. Es ist unmöglich, hinunterzukommen ohne gesehen zu werden.« Er seufzte, zog sein Schwert aus dem Gürtel und sah Wolff auffordernd an. »Versuche sie abzulenken«, bat er. »Ich brauche ein paar Sekunden.«

»He, ihr zwei, wovon redet ihr überhaupt?«, erkundigte sich Barok misstrauisch. »Wofür brauchst du ein paar Sekunden, Bursche?«

Statt einer Antwort schenkte ihm Tibor ein flüchtiges Lächeln, wandte sich um und trat neben die Tür. Einen Augenblick später folgte ihm Wolff, spähte einen Moment lang durch den Spalt – und stieß die Tür mit einem entschlossenen Ruck vollends auf, um auf den Balkon hinauszutreten.

Barok schrie auf, war mit einem Satz hinter Tibor und streckte beide Hände nach ihm aus, wie um ihn festzuhalten.

Tibor machte sich nicht einmal die Mühe, ihm auszuweichen. Stattdessen trat er mit einem einzigen Schritt in den Schatten des Treppenschachtes zurück – und war verschwunden.

Es war, wie er erwartet hatte: Die Kälte war da und der Nebel und die körperlosen Schemen der Welt zwischen den Wirklichkeiten, durch die er gehen konnte. Aber auch dieses Andere, dem er schon zweimal in dieser verzauberten Stadt begegnet war: etwas Großes, Finsteres und unglaublich Mächtiges, das mit unsichtbaren Spinnenbeinen nach ihm griff und ihn festzuhalten versuchte, ihn zu jenem schrecklichen Ort ziehen wollte, an dem die Schatten Wirklichkeit und die Wirklichkeit Trug waren. Diesmal war er darauf vorbereitet gewesen und er hatte jedes bisschen Kraft, das er aufbringen konnte, darauf konzentriert, den Schritt zu Ende zu tun und wieder in die wirkliche Welt zurückzutreten.

Dann war es vorbei und Tibor fand sich unversehens auf dem Boden des Stalles wieder, zitternd vor Erschöpfung und Angst und auf den Knien hockend – weniger als zwei Schritte von Resnecs Männern entfernt. Für eine Sekunde war er unfähig, sich zu bewegen. Hätten ihn die beiden Krieger in diesem Moment bemerkt, so wäre es um ihn geschehen gewesen.

Aber sie sahen ihn nicht, denn in diesem

Augenblick trat Wolff vollends auf den Balkon hinaus. Einer der beiden Krieger sprang mit einer so hastigen Bewegung hoch, dass Tibor um ein Haar wieder das Gleichgewicht verloren hätte und gestürzt wäre, während der andere einen halblauten erschrockenen Ruf ausstieß und sein Schwert aus dem Gürtel zerrte.

»Guten Abend, die Herren«, sagte Wolff freundlich, trat vollends an die steinerne Brüstung des Balkons heran und stützte gemütlich die Unterarme darauf. »Ich hoffe, ich störe Euch nicht, aber ich fürchte, ich habe mich verlaufen. Ob Ihr wohl so freundlich seid, mir den Weg zum Herrn dieser Burg zu zeigen?«

Die Reaktion der beiden war genauso, wie Tibor gehofft hatte – nämlich vollkommene Verblüffung. Einen Moment lang standen sie einfach da und starrten Wolff mit offenen Mündern an – und Tibor gab ihnen keine Gelegenheit, ihren Schrecken zu überwinden. Blitzschnell sprang er auf die Füße, schmetterte dem einen die flache Seite seiner Klinge vor den Helm und versetzte dem anderen einen wuchtigen Tritt in die Kniekehlen, der ihn ebenfalls zusammenbrechen ließ.

Als er sich aufrichten wollte, berührte Tibors Schwertspitze seine Kehle.

»Einen Laut«, sagte Tibor drohend, »und es war dein letzter. Mein Wort darauf!«

Der Krieger schien ihm zu glauben, denn seine Augen wurden rund vor Schreck und aus dem Schrei, zu dem er angesetzt hatte, wurde ein halbersticktes Keuchen.

»Dir geschieht nichts, wenn du vernünftig bist«, sagte Tibor, lockerte den Druck seiner Klinge jedoch um keinen Deut. »Wir wollen nichts von dir. Nur ein paar Antworten.«

Der Mann starrte ihn an, sprach jedoch kein Wort, sondern presste nur die Lippen aufeinander.

»Warum schneidest du ihm nicht einfach den Hals durch?«, fragte eine zornige Stimme neben ihm. »Vielleicht ist sein Kamerad dann ein wenig gesprächiger.«

Tibor blickte auf und sah in Baroks Gesicht. Er, seine beiden Begleiter und Wolff waren herangekommen und umstanden ihn und die beiden Krieger mit gezückten Schwertern.

»Ein Toter nutzt uns nichts«, sagte Wolff rasch. Er schob Barok ein Stück zur Seite, kniete neben dem Söldner nieder und packte ihn unsanft am Kragen. »Jetzt sprich«, befahl er, »bevor ich es mir anders überlege und dich Barok und seinen Freunden überlasse. Wie viele seid ihr in der Burg?«

Der Blick des Kriegers wanderte unsicher zwischen ihm und Barok hin und her und der finstere Ausdruck, den er in den Augen des Räuberhauptmannes las, schien seine letzten Bedenken zu beseitigen. »Nicht … sehr viele, Herr«, behauptete er stockend.

»Was heißt das?«, fragte Barok.

»Acht oder … oder zehn«, antwortete der Krieger. »Larolf hier und mich mitgerechnet. Die … die meisten sind draußen in der Stadt, um euch zu suchen.«

»Sprichst du auch die Wahrheit?«, fragte Wolff drohend. »Ich rate es dir, Kerl, denn wenn du uns in eine Falle laufen lässt, kommen wir zurück!«

Der Krieger fuhr zusammen wie unter einem Schlag und nickte heftig. »Es ist wahr«, sagte er. »Ich … ich schwöre es. Sie sind fast alle unterwegs, die … die Stadt abzusuchen. Resnec hat eine hohe Belohnung auf eure Köpfe ausgesetzt.«

»Und wo ist er?«, mischte sich Barok ein. »Hier in der Burg?«

Der Krieger nickte abermals, setzte sich ein wenig auf und deutete mit einer fahrigen Geste hinter sich. »Drüben im Haupthaus. In … in dem großen Saal am oberen Ende der Treppe. Ich schwöre, das ist die Wahrheit.«

»Gibt es einen Weg, ungesehen dorthin zu gelangen?«, fragte Tibor.

Der Mann schüttelte den Kopf, aber er zögerte vorher einen Moment und Tibor war nicht der Einzige, der die Lüge erkannte.

Mit einem zornigen Knurren beugte sich Barok blitzschnell vor, packte den Mann mit der Linken und schlug ihm die geballte Faust auf den Mund; so heftig, dass die Lippen des Mannes aufplatzten und er halb bewusstlos zurückfiel.

»Barok, bist du von Sinnen?« Wolff packte den Plünderer bei den Schultern, stieß ihn zurück und hob drohend die Arme, als Barok sich sofort wieder auf den Wehrlosen stürzen wollte. »Was ist los mit dir?«, fauchte er. »Wenn du ihn totschlägst, wird er uns sicher nicht mehr antworten!«

»Aber vielleicht sein Kamerad«, antwortete Barok wütend. »Was willst du, Wolff? Das sind zwei von Resnecs Männern! Unsere Feinde!«

»Sie sind Menschen, Barok!«, widersprach Tibor. »Und solange ich dabei bin, wirst du dich nicht an einem Wehrlosen vergreifen!«

»Menschen?« Barok schnaubte. »Sie sind Tiere, Tibor! Du hast nicht gesehen, was sie mit meinen Männern angestellt haben. Sie haben kein Mitleid verdient!«

»Genug jetzt!«, sagte Wolff. »Wir haben keine Zeit, uns zu streiten.« Er machte eine befehlende Geste, um seine Worte zu bekräftigen, kniete neben dem Krieger nieder und setzte ein halbwegs überzeugendes Lächeln auf.

»Keine Angst«, sagte er. »Wenn du vernünftig bist und uns die Wahrheit erzählst, geschieht dir nichts. Also?«

»Es ... gibt einen anderen Weg«, sagte der Krieger. Er setzte sich auf, hob vorsichtig die Hand an den Mund und tupfte das Blut von seiner aufgesprungenen Unterlippe. »Ihr geht über den Hof und durch das alte Gesindehaus. Ihr ... ihr erkennt es sicher gleich, denn die Tür ist herausgebrochen. Ihr müsst durch die Küche und dann die Treppe hinauf, so gelangt ihr in den Thronsaal.«

»Wie viele Männer sind bei ihm?«, fragte Tibor.

»Zwei«, antwortete der Gefangene. »Vielleicht drei.«

»Oder vier oder vielleicht fünf?«, grollte Barok.

»Nur drei«, antwortete der Mann hastig. »Sicher nicht mehr. Ich schwöre, dass das die Wahrheit ist!«

Tibor starrte den Mann einen Moment lang durchdringend an, aber dann wandte er sich mit einem angedeuteten Nicken um. Er glaubte ihm. Der Mann hatte viel zu viel Angst, um jetzt noch zu lügen.

»Gut«, sagte er. »Dann lasst uns gehen. Wir haben schon genug Zeit verloren.« Er deutete auf einen von Baroks Männern. »Du bindest diese beiden hier fest und bleibst bei ihnen. Solange sie vernünftig sind, tust du ihnen nichts zuleide. Hast du das verstanden?«

Der Mann nickte. Sie warteten, bis die beiden Gefangenen sicher gefesselt und geknebelt waren, dann verließen sie den Stall, jetzt nur noch zu viert.

Die Festung lag wie ausgestorben da, als sie den Hof überquerten. In dem kleinen Fenster neben dem Tor brannte noch immer Licht, aber wenn dort überhaupt ein Posten war, so schien er tief und fest zu schlafen – oder zumindest nicht in ihre Richtung zu blicken –, denn sie erreichten die Tür, von der ihr Gefangener gesprochen hatte, unbehelligt. Nachdem sie sich durch den mit Unrat übersäten Raum getastet hatten, fanden sie auch die beschriebene Treppe. Ein schmaler, halb von den Trümmern der heruntergebrochenen Decke versperrter Gang nahm sie auf, dann folgte eine weitere Treppe – und mit einem Mal hörte Tibor leises Stimmengemurmel, nicht sehr weit vor ihnen.

Wolff, der diesmal die Spitze bildete, blieb stehen, bedeutete ihm mit einer Handbewegung zurückzubleiben und verschwand in der Dunkelheit, kam aber schon nach ein paar Augenblicken zurück.

»Nun?«, fragte Tibor ungeduldig. »Was hast du gefunden?«

»Resnecs Thronsaal«, antwortete Wolff. »Es sind nur noch ein paar Schritte. Seid also leise.«

»Ist er allein?«, wollte Barok wissen.

Wolff schüttelte den Kopf. »Nein. Zwei seiner Männer sind bei ihm. Der Krieger hat die Wahrheit gesprochen.«

»Oder genau das gesagt, was Resnec ihm

aufgetragen hat«, grollte Barok. In der Dunkelheit, die hier drinnen herrschte, war sein Gesicht nur als verschwommener heller Fleck zu erkennen, aber Tibor hörte den gespannten Ton seiner Stimme. Seine Überzeugung, einen schweren Fehler begangen zu haben, indem sie Barok mitgenommen hatten, wuchs. Aber jetzt war es zu spät.

Sie schlichen weiter und schon nach wenigen Schritten erreichten sie das, was früher einmal ein sorgsam hinter einem Vorhang verborgener Ausgang gewesen sein mochte, durch den Dienstboten in den Thronsaal der Burg gelangen konnten. Jetzt aber war es nichts weiter als ein ausgebrochenes Loch in der Wand, vor dem staubverklebte Spinnweben hingen.

Dahinter lag ein gewaltiger, auf drei unterschiedlich hohen Ebenen angelegter Raum. Irgendwann, vor einem Jahrzehnt, vielleicht auch einem halben Jahrhundert, musste er einmal prachtvoll gewesen sein, jetzt aber bot er einen Anblick, der fast noch jämmerlicher war als der Rest der Burg: Mehr als die Hälfte der mannsdicken steinernen Säulen, die einst die Decke getragen hatten, waren zusammengestürzt und auch ein Teil der Decke selbst war niedergebrochen, sodass man die darüber liegenden Räume erkennen konnte. Ihre Trümmer bildeten einen gewaltigen Schuttberg, der fast die Hälfte des gesamten Saales blockierte. Überall lagen Trümmer herum und in den Ecken hatte sich der Staub zu knöcheltiefen braunen Klumpen zusammengeballt. Selbst im Boden der Halle gähnten große gezackte Löcher. Tibor korrigierte seine Schätzung, was das Alter dieser Burg anging, um ein weiteres halbes Jahrhundert nach oben.

Dann sah er Resnec.

Der Magier stand vor einem niedrigen Tischchen und drehte ihm den Rücken zu. Vor ihm auf dem Tisch lag etwas Winziges, Blitzendes, das Tibor nicht genau erkennen konnte. Einer der Männer, von denen der Krieger gesprochen hatte, lehnte mit verschränkten Armen an einer Säule, die Augen halb geschlossen und alles andere als aufmerksam; von dem zweiten war keine Spur zu sehen. Resnec scheint sich sehr sicher zu fühlen, dachte Tibor.

Vorsichtig richtete er sich auf, zog sein Schwert aus dem Gürtel und warf Barok einen warnenden Blick zu. »Denk daran«, sagte er leise, aber so eindringlich, wie er nur konnte. »Wir brauchen ihn lebend!«

Statt einer Antwort schloss Barok die Hand um den Schwertgriff; so heftig, dass die dünnen ledernen Riemen, mit denen er bezogen war, hörbar knirschten. Wolff, der ein kleines Stück hinter Barok stand, nickte fast unmerklich. Er würde auf Barok Acht geben. Trotzdem hatte Tibor ein sehr ungutes Gefühl.

Er verscheuchte den Gedanken, richtete sich vollends auf – und sprang mit einem einzigen Satz los, direkt auf Resnec zu.

Die Entfernung betrug nur wenige Meter; zehn, vielleicht zwölf Schritte – genug, um Resnecs Wache ausschalten und auch den Magier überraschen zu können, ehe er überhaupt begriff, wie ihm geschah. Tibor hatte sich während der letzten Sekunden jeden Schritt überlegt und er war sich sicher, selbst Resnec überrumpeln zu können. Auch ein Mann mit Zauberkräften würde sich hüten, eine unüberlegte Bewegung zu machen, wenn er anderthalb Ellen scharf geschliffenen Stahl an der Kehle fühlte.

Aber es kam ganz anders.

Resnec drehte sich herum, kaum dass Tibor

die halbe Strecke zurückgelegt hatte. Es war eine Bewegung ohne Eile, sehr ruhig, obwohl er Tibors Schritte hören musste, und auf seinen groben Zügen lag ein Ausdruck beinahe heiterer Gelassenheit, der Tibor mitten im Schritt stocken und verwirrt stehen bleiben ließ.

»Sei gegrüßt, Tibor von Rabenfels«, sagte Resnec freundlich. »Du kommst spät. Ich habe eher mit dir gerechnet.«

Für Sekunden war Tibor sprachlos vor Verblüffung. In Resnecs Gesicht war nicht die geringste Spur von Überraschung oder gar Schreck zu erkennen; im Gegenteil, er wirkte sehr zufrieden. Und auch der Wächter, der drei oder vier Schritte neben ihm an der Säule lehnte, hatte nur träge ein Auge geöffnet und blickte Tibor mit geringem Interesse an. Er machte sich nicht einmal die Mühe, sein Schwert zu berühren. Tibor hatte plötzlich sehr deutlich das Gefühl, blind in eine Falle getappt zu sein.

Trotzdem packte er sein Schwert fester und trat drohend einen weiteren Schritt auf Resnec zu.

»Gib auf, Resnec«, sagte er. »Diesmal entkommst du nicht mehr!«

»So?«, fragte Resnec. Seine Stimme klang

auf eine aufreizende Art belustigt. »Glaubst du, du kleiner Narr?«

Im selben Moment erscholl hinter Tibor ein dumpfer Schlag, gefolgt von einem halb erstickten, stöhnenden Laut. Als er herumfuhr, sah er gerade noch, wie Wolff mit glasig werdenden Augen in die Knie brach und beide Hände an den Kopf hob. Fast zur gleichen Sekunde hob Barok sein Schwert zum zweiten Mal, drehte sich blitzschnell herum – und stieß seinem Begleiter die Klinge bis ans Heft in die Brust!

Der Mann stürzte lautlos zu Boden, starrte Barok einen Moment lang aus schreckgeweiteten Augen an und lag dann still.

»Barok!«, flüsterte Tibor entsetzt. »Was … was tust du?«

Barok fuhr herum. Seine Klinge bewegte sich in einer unglaublich raschen, zustoßenden Bewegung vor und berührte Tibors Wams, genau über dem Herzen.

»Nicht!«, sagte Resnec rasch. »Ich brauche diesen jungen Narren noch. Außerdem wäre es Verschwendung, ein Talent wie das seine einfach fortzuwerfen.« Er lachte leise, kam mit zwei, drei raschen Schritten heran und nahm Tibor das Schwert aus der Hand, ehe er Barok mit einem Nicken zu verstehen gab, seine eigene Waffe einzustecken.

Irgendetwas in Tibor weigerte sich noch immer zu begreifen, was er sah. Fassungslos starrte er Resnec an, dann Barok und die blutige Klinge in seiner Hand.

»Was … was tust du?«, stammelte er erneut. »Du … du hast …«

Wolff, der mittlerweile vollends zusammengebrochen war, stieß ein leises Stöhnen aus und Tibor verstummte mitten im Satz und kniete neben dem jungen Ritter nieder. Vorsichtig drehte er ihn auf den Rücken, löste seine Hände, die er noch immer gegen den Schädel presste, und begutachtete die Wunde darunter. Sie schien ihm nicht gefährlich zu sein, war aber sehr tief und blutete heftig. Und sie musste sehr schmerzhaft sein.

Tibors Fassungslosigkeit machte jähem Zorn Platz. Er fuhr herum, starrte Barok an und ballte hilflos die Fäuste. Es hätte nicht viel gefehlt und er hätte sich auf ihn gestürzt, ob er nun eine Waffe in der Hand hatte oder nicht. »Du verdammter Verräter«, sagte er leise, aber mit zornbebender Stimme. »Und ich habe dir geglaubt!«

»Du warst schon immer zu vertrauensselig, Tibor«, meinte Resnec lächelnd. »Ich glaube, das habe ich dir schon einmal gesagt. Aber du bist noch jung und musst wohl noch viel lernen.«

Tibor beachtete ihn gar nicht, sondern starrte weiterhin Barok an.

Der Plünderer hielt seinem Blick stand, aber irgendetwas war in seinen Augen, das Tibor schaudern ließ; eine Mischung aus Angst und Erleichterung, die er nicht mehr verstand.

»Du ... du hast uns von Anfang an belogen«, fuhr er fort. »All deine schönen Worte, deine Träume, deine ...« Er brach ab, blickte noch einmal auf Wolff und stand langsam auf. »Ich habe dir geglaubt«, sagte er noch einmal. »Ich habe dir vertraut, Barok, und dabei hast du uns vom ersten Moment an hintergangen.«

Barok schwieg, doch Resnec antwortete mit einem leisen, bösen Lachen auf seine Worte. »Klug erkannt, mein junger König«, sagte er spöttisch. »Wenn diese Erkenntnis auch ein wenig spät kommt. Aber du hast Recht – er stand von Anfang an in meinen Diensten.«

»Warum?«, murmelte Tibor, ohne Barok

auch nur einen Moment aus den Augen zu lassen. »Was hat er dir versprochen, wenn du ihm unsere Köpfe bringst? Gold? Macht?« Er lachte bitter. »Du wirst nichts davon bekommen, Barok, glaube mir. Wer sich mit Resnec einlässt, findet nichts außer Leid und Tod.«

»Beleidige mich ruhig, wenn es dir Erleichterung bereitet, mein Freund«, sagte Resnec. »Aber sie wird nur von kurzer Dauer sein, fürchte ich.«

Tibor starrte ihn feindselig an, schwieg aber und nach einer Weile drehte sich Resnec herum und wandte sich wieder an Barok. »Wo sind die anderen?«, fragte er. »Dieser Wikinger und der Rest deiner Halsabschneiderbande?«

»Einer ist im Stall und bewacht die beiden Krieger, die wir gefangen genommen haben«, antwortete Barok. »Die anderen sind draußen geblieben, zusammen mit Erik.«

»Gut«, sagte Resnec. »Um die kümmern wir uns später. Jetzt erst ...«

»Jetzt«, unterbrach ihn Barok, »wirst du erst einmal dein Wort halten, Resnec. Ich habe meinen Teil der Abmachung erfüllt.« Er deutete mit dem Schwert auf Wolff, dann auf Tibor. »Du wolltest diese beiden und du hast sie. Jetzt bring mich zu meiner Frau und meinen Söhnen.«

Resnec schwieg einen Moment; dann nickte er, wandte sich um und deutete mit einer befehlenden Geste auf den Tisch, vor dem er gestanden hatte, als Tibor und die anderen hereingestürmt kamen.

Tibor sah jetzt, dass er nicht leer war. Auf einem schwarzen, fast bis zum Boden reichenden Tuch aus Samt lag ein filigranes silbernes Gespinst, nicht viel größer als eine Männerhand. Es erinnerte Tibor im ersten Moment an ein Spinnennetz, war aber viel feiner und auch komplizierter im Aufbau. Irgendetwas Düsteres, schwer in Worte zu Fassendes schien von dem Gegenstand auszugehen.

Tibor schauderte.

»Was ist jetzt?«, fragte Barok, nachdem er Resnec gefolgt und zwei Schritte vor dem Tisch stehen geblieben war.

Für einen Moment blieb sein Blick an dem silbernen Spinnennetz hängen und Tibor sah auch in seinen Augen dieselbe Furcht aufblitzen, die er beim Anblick des magischen Gegenstandes verspürte. Er zweifelte nicht daran, dass dies der Talisman war, von dem Wolff ihm erzählt hatte.

»Nur Geduld, mein Freund«, sagte Resnec leise. »Du wirst bekommen, was ich dir versprochen habe. Ich halte immer mein Wort.«

Der Ausdruck von Misstrauen in Baroks Augen wurde stärker. Seine Hand schloss sich fester um das Schwert und mit einem Mal deutete die Spitze der Waffe nicht mehr zu Boden, sondern wie durch Zufall genau auf Resnec. »Ich warne dich, Zauberer«, sagte er. »Wenn du mich betrügst, dann ...«

»Wieso betrügen?«, unterbrach ihn Resnec kalt. Die Waffe, die kaum eine halbe Armeslänge vor seinem Gesicht schwebte, schien ihn nicht im Geringsten zu irritieren.

»Ich habe dir versprochen, dich zu den Deinen zu bringen. Und genau das werde ich tun – jetzt!«

Das letzte Wort hatte er geschrien. Und im gleichen Moment griff etwas Gewaltiges, Finsteres aus dem silbernen Gespinst heraus und hüllte Barok wie mit tausend rauchigen Armen ein.

Der Räuber schrie auf, als er den Verrat erkannte, und riss sein Schwert in die Höhe. Aber es war zu spät. Die auf und ab tanzenden Schatten wurden zu einem wirbelnden Sog. Schwarze Schwaden brachen aus dem Silbergespinst hervor, hüllten Barok in einen Kokon aus Finsternis und Schatten – und verschlangen ihn.

Es ging so schnell, dass Tibor nicht einmal richtig sah, was wirklich geschah. Von einer Sekunde auf die andere war Barok verschwunden, fort, als hätte es ihn niemals gegeben, und die Schatten krochen zurück ins Zentrum des Silbernetzes. Für einen Moment glaubte Tibor wieder einen Schrei zu hören, sehr leise und sehr weit entfernt, aber voll unbeschreiblichem Entsetzen. Doch dann verstummte auch er.

»So hältst du also dein Wort«, sagte Tibor matt. Er empfand nicht einmal mehr Zorn auf Resnec. Im Grunde hatte der Magier nur getan, was Tibor von ihm erwartet hatte.

»Wieso nicht?«, fragte Resnec lächelnd. »Ich habe ihm versprochen, ihn zu den Seinen zu bringen – und genau das habe ich getan.«

»Du hast ihn ermordet«, sagte Tibor dumpf.

Resnecs linke Augenbraue hob sich erstaunt. »Ermordet?« Er schüttelte den Kopf.

»Aber nicht doch, mein kleiner Held. Du denkst, sie wären alle tot? Wofür hältst du mich?« Er trat einen Schritt auf Tibor zu, machte eine einladende Geste und deutete mit der Linken auf das silberne Gespinst auf dem Tisch.

»Ich vermute, dass du vor Neugier brennst zu erfahren, was in dieser Stadt hier geschehen ist«, sagte er. »Ich will es dir gerne erklären – nicht zuletzt, weil alles ohne deine Hilfe kaum möglich gewesen wäre.« Er lachte, stemmte die Hände in die Hüften und hob Tibors Schwert vom Boden auf, um damit zu spielen. »Die Waffe eines Ritters«, fuhr er in fast versonnenem Ton fort. »Du hast damit umzugehen gelernt, wie ich gesehen habe.« Er lachte erneut, drehte das Schwert ein paar Mal in den Händen und ließ es dann achtlos fallen. Die Klinge prallte auf den Boden, rutschte scheppernd ein Stück davon und blieb keine zwei Schritte von Tibors Füßen entfernt liegen.

»Aber was ist Stahl gegen die Macht des Geistes?«, fuhr Resnec fort. »Ich will dir gerne erklären, was geschah, nachdem du und dein närrischer Freund da mich vertrieben habt.« Er deutete auf Wolff, drehte sich um und ging zum Tisch, um sich mit den Fäusten auf einer Kante abzustützen. Seine Rechte fuhr fast liebkosend über das silberne Netz, berührte es aber nicht.

»Ich fand dies hier«, fuhr er fort. »Es war im Besitz eines Mannes, der nicht einmal wusste, welchen Schatz er sein Eigen nannte.«

»Ich habe es gehört«, gestand Tibor leise. »Auch, welches Schicksal ihm widerfuhr.«

»Es war nicht meine Schuld«, sagte Resnec kalt. »Er lag schon lange Zeit im Streit mit seinen Nachbarn. Ich wollte nur dies hier. Und ich habe es bekommen.«

Tibor schwieg. Sein Blick blieb auf dem Schwert haften, das fast zum Greifen nahe neben ihm lag. Eine schnelle Bewegung, ein blitzartiger Hieb …

Aber er dachte den Gedanken nicht zu Ende. Er hatte gesehen, wie mächtig Resnecs Zauber war.

»Und was hat das alles mit mir zu tun?«, fragte er leise.

»Mehr, als du ahnst, mein kleiner dummer Freund«, sagte Resnec. »Du und ich, wir gehören zusammen, ob es dir nun passt oder nicht.« Er beugte sich vor, starrte Tibor an und ließ die flache Hand dicht neben dem Netz auf den Tisch klatschen. »Dies hier ist nichts ohne dich«, sagte er. »Es ist das Tor zu anderen Welten, die Brücke, die es mir ermöglichte, hierher zu kommen, zusammen mit allen, die mir die Treue geschworen haben. Aber du bist der Schlüssel dazu. Nur in deiner Nähe war es mir möglich, es zu benutzen. Ohne dich wäre es nutzlos.« Er lachte und es war ein Laut voll bösem, höhnischem Triumph.

Tibor machte einen Schritt zur Seite. Das Schwert war ihm jetzt so nahe, dass er sich nur zu bücken brauchte, um es aufzuheben, aber Resnec schien es nicht einmal zu bemerken.

»Du hast gedacht, du hättest mich besiegt?«, fuhr Resnec fort. »O nein, Tibor von Rabenfels. So schnell besiegt man Resnec nicht. Ich habe gewonnen. Jetzt, wo du hier bist, wird sich meine Burg materialisieren, sie und alle, die mit mir gekommen sind.«

»Eine Ruine«, meinte Tibor abfällig. »Ein verfallenes Gebäude in einer leeren Stadt.«

Resnec machte eine unwillige Handbewegung. »Sie wird nicht lange leer bleiben«, sagte er. »Denkst du, Barok und seine Kerle wären die Einzigen, die hergekommen sind?«

»Natürlich nicht«, antwortete Tibor böse. »Aas zieht Aasgeier an. Du wirst die Leute bekommen, die zu dir passen, Resnec.«

Resnec lachte. »Beschimpfe mich ruhig, du Narr. Aber du wirst mich kein zweites Mal aufhalten. Niemand kann das jetzt noch! Niemand!«

»Bist du da so sicher?«, fragte Tibor. Und damit sprang er nach vorn.

Es ging so schnell, dass selbst Resnec nicht mehr rasch genug reagieren konnte. Tibor ließ sich zur Seite fallen, packte das Schwert mit beiden Händen und kam mit einer kraftvollen Rolle wieder auf die Füße, das Schwert mit der ganzen Kraft der Bewegung schwingend. Resnec schrie auf, prallte zurück und riss in einer beschwörenden Bewegung die Hände in die Höhe. Etwas körperlos Schwarzes quoll aus dem Zentrum des Silbergespinstes und schob sich wie brodelnder Nebel zwischen ihn und Tibors Schwert.

Aber Tibor hatte nicht auf ihn gezielt, und was immer es war, das Resnec zu seinem Schutze heraufbeschworen hatte, es kam zu spät. Die Klinge pfiff wie ein silberner Blitz

durch die Luft, zertrümmerte den kleinen Tisch und das silberne Netz darauf und prallte klirrend auf den Boden.

Das Letzte, was Tibor bewusst wahrnahm, war ein dunkles Etwas, das nach seinen Gedanken griff, und ein Gefühl unerträglicher Kälte – und Resnecs triumphierendes, nicht enden wollendes Gelächter.

Es war wie die beiden Male zuvor. Er war wieder an jenem schrecklichen namenlosen Ort, an dem gestaltlose Schemen, die keine Körper waren, ihn umgaben. Und trotzdem waren zwei Dinge anders: Das Gefühl lähmender Kälte war nicht da und er hatte überhaupt keine Angst mehr, denn er wusste jetzt, dass die Schatten nichts Übles von ihm wollten. Sie hatten nie Böses im Sinn gehabt, weder mit ihm noch mit Wolff oder Erik; die Feindschaft, die er zu spüren geglaubt hatte, war nichts als der verzweifelte Versuch einer Warnung und später ein vielleicht noch verzweifelterer Schrei um Hilfe gewesen. Er hatte keines von beiden verstanden, bis zu diesem Augenblick. Jetzt war es zu spät.

Jetzt gehörte er zu ihnen, ein Schatten unter Schatten, ein Gefangener dieser schrecklichen Zwielichtzone zwischen den Welten, auf ewig dazu bestimmt, nicht mehr zu leben, aber auch nicht tot zu sein. Tibor begriff all dies im selben Augenblick, in dem er sich aufrichtete und die Schatten sah, die früher einmal Menschen wie er gewesen waren; die Bewohner dieser Stadt, ehe Resnecs Zauber sie in dieses Zwischenreich versetzt hatte. Es war, als teile er mit einem Mal all ihr Leid, all ihre Erinnerungen und all ihre Furcht mit ihnen; ein Übermitteln von Wissen, das des Umweges der Sprache nicht mehr bedurfte.

Wie in einer schrecklichen Vision glaubte er noch einmal Resnecs Worte zu hören: Du bist der Schlüssel.

Und plötzlich begriff er, wie sehr er sich geirrt hatte. Nichts von dem, was Resnec getan hatte, war Zufall gewesen. Seine Worte, die Beiläufigkeit, mit der er das Schwert fortwarf, seine scheinbare Unaufmerksamkeit für einen Augenblick, gerade lang genug, Tibor Zeit für eine Verzweiflungstat zu lassen ... Was für ein verdammter Narr war er gewesen, darauf hereinzufallen!

Du bist der Schlüssel!

O ja, dachte Tibor bitter. Das war er. Er wusste nicht, wie, und er wusste nicht, was er getan hatte: Aber was immer er damit bewirkt hatte, als er das magische Netz zerschlug, es war genau das gewesen, was Resnec von ihm gewollt hatte. Er war der Schlüssel, das magische Talent, das tief verborgen am Grunde seiner Seele in ihm schlummerte, ohne dass er auch nur einen Bruchteil dieser Kräfte verstand, geschweige denn irgendwie zu beherrschen imstande gewesen wäre. Und er hatte diesen Schlüssel ins Schloss gesteckt und die Tür für Resnec aufgestoßen – mit einem einzigen, verzweifelten Schwerthieb.

Er sah sich um. Er war nicht allein. Die anderen waren da, Hunderte, Tausende vielleicht, ein Meer gesichtsloser, schattenhafter Gestalten, die ihn schweigend anstarrten. Möglicherweise war auch Barok unter ihnen, Barok, der wie er zu spät begriffen hatte, dass er betrogen worden war. Auch Tibor war jetzt nur mehr ein Schatten, ein körperloser, rauchiger Schemen, der nur noch während der Nacht und nur noch als flüchtiges Gespenst einhergehen konnte, für immer verstoßen aus der Welt, in der er gelebt hatte. Resnecs Hohngelächter hallte ihm noch immer in den Ohren. Er würde es nie wieder völlig vergessen können.

Abermals sah sich Tibor um und zum ersten Mal fiel ihm die gespenstische Stille auf. Es mussten Tausende schattenhafter Gestalten sein, die ihn umgaben, die Bewohner dieser Stadt, und viele, viele andere dazu, die wie er in Resnecs Falle getappt waren. Aber nicht der geringste Laut war zu hören, denn so, wie er seinen Körper verloren hatte, hatte er auch alle Empfindungen eingebüßt.

Er würde nie wieder Schmerz spüren, nie wieder Wärme oder Kälte, nie wieder das Wispern des Windes hören, nie mehr das Gefühl kennen, die ersten Schneeflocken des Winters auf dem Gesicht zu spüren, nie wieder das Kitzeln eines Sonnenstrahles, nie wieder … LEBEN.

Tibor hätte in diesem Moment am liebsten geschrien, wenn er es gekonnt hätte. Aber Schatten schreien nicht.

Doch da war noch etwas anderes. Etwas Großes, Gewaltiges.

Tibor wandte sich um, trat auf die anderen zu und durch sie hindurch, ohne auch nur den geringsten Widerstand zu spüren, und überquerte den Platz, den er jetzt als einen

Teil der Stadt erkannte, in dem er schon einmal gewesen war, wenngleich auch von den Häusern nur blasse Silhouetten geblieben waren, deren vermeintlich massive Mauern ihm keinen Widerstand entgegensetzten. Als ginge er wirklich nur durch einen Schatten, durchquerte er Häuser, überschritt einen Hof und eine fünf Meter hohe, mannsdicke Mauer und bewegte sich weiter auf den Quell dieser dunklen Macht zu, die nur er zu spüren schien. Die anderen blieben allmählich hinter ihm zurück; hier und da traf er noch einmal auf einen Schatten, aber sie wurden weniger, je näher er dem unbekannten Etwas kam, und schließlich war er vollends allein, ein Geist in einer Geisterstadt, dessen Schritte nicht das mindeste Geräusch auf dem harten Pflaster der Straße verursachten.

Dann stand er ihm gegenüber.

Wenn ihn seine Erinnerung nicht trog, musste er sich genau im Zentrum der Stadt befinden. Vor ihm lag der Platz, an dem er zum ersten Mal auf die Geister und kurz darauf auf Baroks Männer getroffen war.

Und in seiner Mitte saß wie eine Spinne im Zentrum ihres Netzes …

Tibor wusste nicht, was es war: Im allerersten Moment glaubte er wirklich, einer gigantischen Spinne gegenüberzustehen, dann einem polypenähnlichen Wesen mit vielen sich windenden schwarzen Armen, dann wieder einem gestaltlosen Etwas, nur groß und finster und hässlich.

Es war nichts, was er hätte beschreiben können, denn es ähnelte nichts, wofür es in seiner Sprache ein Wort gegeben hätte. Aber es war da und es war gigantisch groß und unheimlich.

Und es lebte, wenn auch in einem gänzlich anderen Sinne dieses Wortes, als Tibor jemals geahnt hätte. Und er spürte, dass es seine Anwesenheit im selben Moment fühlte, in dem er den Rand des Platzes erreichte und stehen blieb. Es musste der Herr dieses Schattenreiches sein, den Resnec gerufen hatte, um für sich und seine Männer den Weg in diese Welt zu finden.

Das finstere Etwas bewegte sich; träge, schwerfällig, voll ungeheurer Kraft. Riesige schwarze Arme tasteten nach Tibor, berührten ihn und zogen sich gleich wieder zurück. *Wer bist du,* hörte er eine Stimme in seinen Gedanken.

Tibor, antwortete Tibor.

Und was bist du, fuhr die Stimme fort. *Wieso kann ich mit dir sprechen und mit allen anderen nicht?*

Weil sie dich nicht sehen, antwortete Tibor auf dieselbe lautlose Weise, in der die Stimme mit ihm sprach. Es war seltsam – er wusste, dass er dem Herrn dieser Zwischenwelt gegenüberstand, einem Wesen aus der Welt der Geister und der Magie, aber er hatte nicht die geringste Angst. Vielleicht weil er ebenso instinktiv spürte, dass dieses Wesen nicht böse war. Er bezweifelte, dass es Begriffe wie gut und böse überhaupt kannte.

Und wieso siehst du mich, fuhr die Stimme nach einer Weile fort, als hätte sie erst gründlich über seine Worte nachdenken müssen.

Weil ich … anders bin als sie, antwortete Tibor zögernd.

Anders?

Ich … gehöre nicht wirklich hierher, erwiderte Tibor.

Nicht wirklich? Wieder zögerte die Stimme lange, bevor sie sprach. *So wie ich?*

Auch, antwortete Tibor. *Aber mehr wie die anderen. Die, die du gefangen hast. Ich kann nur … manchmal hierher kommen.*

Wie die anderen. Oh, ich verstehe!

Diesmal glaubte Tibor ganz deutlich einen Unterton von Trauer und Enttäuschung in der körperlosen Stimme zu vernehmen. Und wieder, wie schon einmal, hatte er das sichere Gefühl, ganz dicht vor der Lösung des Geheimnisses zu stehen.

Warum hast du es getan, fragte er. *Warum hast du all diese Menschen gefangen?*

Ich bin einsam, antwortete die Stimme und diesmal schwang ein so gequälter, verzweifelter Ton darin mit, dass Tibor nichts anderes als Mitleid empfinden konnte. *Du weißt nicht, wie es ist, allein zu sein.*

Tibor sah sich um. Schatten umgaben ihn und Stille, Schwärze, die den Platz wie eine finstere Mauer umlagerte. Für einen Moment glaubte er die Berührung einer gewaltigen eisigen Hand zu spüren. Vielleicht wusste er es doch.

Hast du es deshalb getan? Nur weil du allein warst?

Der Mann, den du Resnec nennst, versprach mir Hilfe. Die Stimme zögerte einen Augenblick. *Ich lese Hass in dir, Tibor. Ein Gefühl, das mir fremd ist. Es gefällt mir nicht.*

Niemandem gefällt es, antwortete Tibor.

Aber es gilt nicht dir. Hat Resnec sein Wort gehalten?

Ich … weiß nicht, antwortete das Schattenwesen. *Vielleicht. Er versprach mir die Freiheit. Ich bin ein Gefangener dieser Welt, so wie ihr Gefangene eurer Welt seid. Aber meine Welt ist leer. Und einsam. Er versprach meine Ketten zu zerbrechen. Wenn die Sonne aufgeht, wird sich zeigen, ob er die Wahrheit gesagt hat.*

Deine Fesseln sind zerbrochen, erklärte Tibor. *Aber ich war es, der sie zerschlug.*

Ich weiß. Trotzdem hat der Mann, den du so hasst, mein Wort. Meine Freiheit gegen den Preis, ihn und seine Krieger in eure Welt zu schaffen. Euer Streit geht mich nichts an. Ich halte mein Wort.

Auch wenn Resnec dich betrügt?

Das hat er nicht. Er versprach mir Freiheit und es ist gleich, auf welchem Wege. Gibt er sie mir, bekommt er, was er verlangt.

Ein Gefühl unendlich tiefer Enttäuschung machte sich in Tibor breit. Lange Zeit stand er einfach da, starrte den körperlosen Herrscher dieses Schattenreiches an und suchte vergeblich in seinem Inneren nach Worten, um ihn doch noch zu überzeugen. Was würde es nutzen, von Betrug und Lüge zu sprechen, von all dem Leid, das Resnec über die Menschen dieser Stadt gebracht hatte? Er spürte, dass dieses Wesen dort vor ihm Worte wie gut und böse nicht kannte, und selbst wenn, dass es sich nicht darum scheren würde. Es war einsam, und alles, was es wollte, war, diesem schrecklichen Kerker aus Schweigen und Dunkelheit zu entrinnen, in dem es gefangen war. Allein der Gedanke ließ Tibor schaudern.

Und dann ganz plötzlich wusste Tibor, was er zu tun hatte.

Hör mir zu, sagte er. Er begann zu reden, sehr leise, aber mit sehr eindringlicher, fast beschwörender Stimme. Und der gewaltige schattenhafte Herr der Zwielichtzone hörte ihm zu.

Er lag auf dem Boden der zerfallenen Thronhalle, als er erwachte. Im ersten Moment erinnerte er sich an nichts; nicht, wie er hierher gekommen, nicht, was vorher geschehen war, ja nicht einmal, wer er eigentlich war. Es war so, als wäre er neugeboren, herausgeschleudert aus einer Welt, in der er nicht leben konnte, und hinein in eine andere, die ihm – zumindest im Moment – kaum weniger feindselig gesonnen war. Sein Kopf schmerzte unerträglich und er fühlte sich leer und ausgelaugt, wie nach einer unendlich schweren körperlichen Anstrengung. Dann kehrte seine Erinnerung zurück, Stück für Stück, und er erkannte zumindest wieder, wo er war; und er erinnerte sich, wie er hierher gekommen war.

Er war allein. Von Resnec und seinen Kriegern war keine Spur mehr zu sehen. Auch der Mann, den Barok erschlagen hatte, war fortgeschafft worden. Nur ein dunkler Blutfleck war auf den Steinfliesen zurückgeblieben. Sein Schwert lag dicht neben ihm, so, wie es seiner Hand entfallen war, und auch der zerborstene Tisch war noch da, zusammen mit den Überresten des magischen Netzes.

Tibor richtete sich vorsichtig auf, schloss die Augen und presste beide Hände gegen die Schläfen. Der pochende Schmerz hinter seiner Stirn ebbte allmählich ab, aber er musste vorsichtig sein und durfte sich nicht zu heftig bewegen, wollte er ihn nicht wie ein gereiztes Raubtier zu neuem Wüten provozieren. Er wusste nicht, wie lange er in jenem schrecklichen Reich der Schatten gewesen war, denn es war nicht gesagt, dass die Zeit dort mit der hiesigen identisch war. Aber er fühlte sich um Jahre gealtert und so müde wie niemals zuvor in seinem Leben.

Trotzdem konnte nicht sehr viel Zeit vergangen sein, denn draußen war noch immer Nacht. Als er lauschte, glaubte er sehr weit entfernt, aber sehr deutlich Hufschlag und menschliche Stimmen zu vernehmen. Mühsam richtete er sich ganz auf, schob sein

Schwert in den Gürtel zurück und bückte sich dann noch einmal, um nach dem zersprungenen Silbernetz zu greifen.

Es war nichts Magisches oder Unheimliches mehr daran. Sein Zauber war im selben Moment erloschen, in dem Tibors Schwert seine Fäden zerteilt hatte, und alles, was er jetzt noch in Händen hielt, war ein Stück totes, nutzloses Metall. Trotzdem verspürte er ein leises, eisiges Schaudern. Er wusste nicht, wer dieses magische Netz gewoben und mit welchem Zauber er es ausgestattet hatte, eine so starke Kreatur wie das Schattenwesen damit zu bannen. Es musste jedenfalls ein sehr mächtiger Zauberer gewesen sein, viel mächtiger als Resnec. Und er spürte, dass dieses Stück Metall uralt war, vielleicht so alt wie das Menschengeschlecht. Der Gedanke an die Ewigkeiten, die die namenlose Kreatur hinter den Mauern der Wirklichkeit gefangen gewesen war, ließ Tibor frösteln.

Fast behutsam legte er das Netz wieder zu Boden, wandte sich um und durchquerte die Halle. Die Stimmen und der Hufschlag wurden lauter, und kurz bevor er die Tür und die dahinter liegende steinerne Treppe erreichte, sah er einen Schatten. Hastig presste er sich gegen eine Säule. Mit klopfendem Herzen wartete er, bis sich die Schritte wieder entfernt hatten. Dann schlich er weiter, sehr viel vorsichtiger als bisher, die rechte Hand auf der Waffe. Er musste Wolff finden, ihn befreien und hier herausbringen, und das alles, bevor die Sonne aufging. Er hatte verdammt wenig Zeit.

Die Festung war nicht halb so leer, wie er bisher geglaubt hatte. Schon auf dem Wege nach unten hörte er das Murmeln zahlreicher Stimmen, und als er den Ausgang erreicht hatte und im Schatten des Tores stehen blieb, blickte er auf einen Hof hinab, der alles andere als verlassen war. Es mussten an die hundert Krieger sein, die sich auf dem mit Trümmern und Unrat übersäten Platz drängten, zusammen mit ihren Pferden und bis an die Zähne bewaffnet. Resnec selbst sah er nirgendwo, auch Wolff nicht, aber das besagte nichts. Er spürte einfach, dass der Zauberer irgendwo in seiner Nähe war. Abermals fragte er sich, ob Resnec vielleicht umgekehrt seine Anwesenheit ebenso deutlich fühlen mochte. Wenn ja, dachte er düster, dann war die Frist, die ihm blieb, noch sehr viel kürzer, als er bisher geglaubt hatte.

Für eine Weile blieb Tibor einfach so stehen und blickte auf den Hof hinab. Manche der Reiter hatten Fackeln entzündet, sodass das Innere der Burg in ein rötliches Licht getaucht war, aber was er sah, hob nicht gerade seine Stimmung. Die Burg auf diesem Wege zu verlassen war vollkommen unmöglich. Zwar blickte im Moment niemand in seine Richtung, aber Tibor wusste, dass er keine drei Schritte weit kommen würde, ohne entdeckt und sofort wieder gefangen genommen zu werden.

Schließlich wandte er sich um, richtete sich vorsichtig auf und blickte nach rechts und links. Außer der steinernen Treppe, die zum Thronsaal hinaufführte, gab es noch eine Anzahl hoher, halbrunder Türen und hinter manchen von ihnen schimmerte blassrotes Licht. Zweifellos war Resnec – und wahrscheinlich auch Wolff – noch irgendwo hier im Gebäude. Aber wo? Tibor konnte es nicht riskieren, die gesamte Burg zu durchsuchen. Wenn er entdeckt wurde, war alles verloren. Falls Resnec es nicht schon getan hatte, würde er Wolff im selben Moment töten. Er war kein Narr.

Vorsichtig, um kein verräterisches Geräusch zu machen, zog Tibor sein Schwert aus dem Gürtel, zögerte noch einmal einen Augenblick und huschte dann geduckt auf den erstbesten Eingang zu. Einen Moment lang verharrte er reglos davor und lauschte, hörte aber nichts außer dem Hämmern seines eigenen Herzens. Schließlich schlich er weiter.

Diesmal hatte er mehr Glück. Hinter der Biegung des Ganges war Licht, und als er genauer hinhörte, vernahm er gedämpfte Stimmen. Tibor sah noch einmal zurück, um sich davon zu überzeugen, dass er auch wirklich allein war. Er packte sein Schwert fester und schlich auf Zehenspitzen weiter.

Der Gang führte ein Stück geradeaus, machte dann eine scharfe Biegung nach rechts und endete unvermittelt vor einer nur halb geschlossenen Tür. Dahinter waren Stimmen zu hören und Licht schimmerte durch die Ritzen. Es schien, als wäre Tibor das Glück zum ersten Mal wirklich treu, denn als er die Tür erreicht und durch eine Ritze in dem halbvermoderten Holz blickte, erkannte er Resnec, der in ein angeregtes Gespräch mit zwei seiner gepanzerten Söldner vertieft war. Wenige Schritte hinter ihm lag eine Gestalt in einem zerschlissenen weißen Wams offensichtlich bewusstlos auf dem Boden: Wolff!

Der Anblick ließ eine Woge bitteren Zornes in Tibor emporsteigen. Die Wunde an Wolffs Stirn blutete noch immer, aber Resnec hatte sich nicht die Mühe gemacht, ihn zu verbinden. Möglicherweise wollte er ihn einfach verbluten lassen.

Für einen kurzen Moment glaubte Tibor wieder eine Stimme zu vernehmen, die ihm zuflüsterte, einfach loszuspringen und Resnec außer Gefecht zu setzen. Er hätte es zweifelsohne gekonnt, denn der Magier stand nahe genug an der Tür. Eine blitzschnelle Bewegung, ein rascher Stoß und ein Albtraum wäre für immer zu Ende.

Aber er konnte es nicht. Er konnte keinen Unbewaffneten niederstechen, schon gar nicht in den Rücken. Nicht einmal Resnec.

Stattdessen wich er ein Stück zurück, sammelte noch einmal alle Kraft, die er in sich fand, und trat die Tür mit einem kräftigen Tritt auf, so fest, dass sie drinnen gegen die Wand prallte und zerbarst.

Resnec fuhr herum. Auf seinen Zügen erschien ein Ausdruck so fassungslosen Entsetzens, wie Tibor es niemals zuvor gesehen hatte. Doch nur für eine Sekunde. Dann verzerrte sich sein Gesicht vor Hass und er hob den Arm und deutete mit einem tiefen, beinahe bellend klingenden Laut auf Tibor.

Die beiden Krieger, die bei ihm waren, griffen nach ihren Waffen. Tibor sprang auf sie zu. Die beiden Söldner waren größer als er und sehr viel kräftiger, aber daran dachte er in diesem Moment nicht. Mit aller Gewalt stieß er sich ab, breitete die Arme aus, riss die beiden allein durch die schiere Wucht seines Anpralles zu Boden und kam mit einer blitzschnellen Rolle wieder auf die Füße.

Aber Resnecs Krieger waren kaum weniger schnell. Tibor hatte sich kaum herumgedreht und sein Schwert erhoben, da drang der eine auch schon mit einem zornigen Knurren auf ihn ein; sein Schwert zuckte vor, schrammte mit einem schrillen Geräusch über seinen Harnisch und brachte Tibor aus dem Gleichgewicht. Tibor stolperte zurück, parierte den nachfolgenden Hieb des Kriegers mit seiner eigenen Klinge und brachte sich mit einem verzweifelten Satz in Sicherheit, als auch der zweite Krieger wieder auf die Füße kam und mit dem Schwert nach seinen Beinen schlug. Hinter ihm begann Resnec wie von Sinnen nach den Wachen zu brüllen und wie zur Antwort drangen plötzlich Schritte und das Klirren von Metall aus einem der Gänge.

Tibors Gedanken überschlugen sich. Er wusste, dass er verloren war, wenn der Kampf auch nur wenige Augenblicke andauerte. Die Verzweiflung gab ihm noch einmal neue Kraft. Mit einem gellenden Schrei sprang er den beiden Angreifern entgegen, duckte sich unter dem Schwerthieb des einen hindurch und wehrte den Schlag des anderen mit seinem gepanzerten Arm ab. Die Klinge vermochte das weiße Eisen seiner Rüstung nicht zu durchschneiden, aber Tibor bekam die ungeheure Wucht des Hiebes zu spüren. Ein dumpfer Schmerz pulsierte durch seinen linken Arm und lähmte ihn bis zur Schulter hinauf.

Aber im selben Augenblick fand seine eigene Klinge eine Lücke in der Panzerung des Kriegers und stieß hindurch.

Der Mann brüllte auf, ließ seine Waffe fallen und taumelte zurück, beide Hände auf seinen blutenden Oberschenkel gepresst, während Tibor sich zur Seite fallen ließ, um dem Schwerthieb des anderen auszuweichen.

Die Klinge klirrte eine Handbreit neben seinem Kopf gegen den Steinboden, schlug Funken und brach ab, während Tibor sich weiter herumrollte und gleichzeitig mit aller Kraft nach den Knien des Mannes trat.

Der Krieger keuchte vor Schmerz und Überraschung, kämpfte einen Moment mit wild rudernden Armen um sein Gleichgewicht – und fiel wie ein gefällter Baum nach hinten. Tibor war bereits wieder auf den Beinen und drehte sich mit erhobenem Schwert nach Resnec um. Er führte die Bewegung nicht zu Ende.

Der Kampf hatte nicht länger als fünf oder sechs Sekunden gedauert. Doch das hatte ausgereicht, dass Resnec mit zwei raschen Schritten zu Wolff zurückgewichen war und seinen Kopf in den Nacken gebogen hatte. In seiner rechten Hand lag ein winziger, blitzender Dolch, dessen Spitze sich in Wolffs Kehle drückte und seine Haut ritzte.

»Keinen Schritt weiter«, sagte Resnec drohend. »Oder er ist tot.«

Tibors Hände begannen zu zittern. Für einen Moment war er nahe daran, sich einfach auf den Zauberer zu stürzen und ihn niederzuschlagen. Aber genauso gut hätte er Wolff gleich selbst die Kehle durchschneiden können, denn Resnec würde ihn mit Sicherheit umbringen. So blieb er reglos stehen und senkte nach einem Moment sogar sein Schwert. Hinter ihm stürmten die Krieger in den Raum, deren Schritte er gehört hatte, aber er achtete gar nicht auf sie. Er hatte verloren! Endgültig!

»So ist es gut«, sagte Resnec, ohne den Dolch auch nur einen einzigen Zentimeter von Wolffs Kehle zu entfernen. Sein Gesicht verzerrte sich zu einer Grimasse. »Ich weiß nicht, wie es dir gelungen ist, aus dem Zwischenreich zu entkommen«, fuhr er fort. »Und es interessiert mich auch nicht. Es wird dir jedoch nichts nützen.«

Wolff stöhnte leise auf, öffnete die Augen und versuchte sich zu bewegen, war aber viel zu schwach, sich aus Resnecs Griff zu befreien. Sein Blick war verschleiert, doch er schien trotzdem wahrzunehmen, was rings um ihn vorging, denn seine Lippen formten plötzlich Worte. Es war zwar nur ein Flüstern, aber Tibor verstand es trotzdem.

»Hör … nicht auf ihn«, keuchte er. »Töte ihn, Tibor. Nimm keine … Rücksicht auf … auf mich.«

Resnec lachte meckernd und verstärkte den Druck seiner Klinge, sodass Wolff mit einem schmerzhaften Wimmern abbrach. »Wie heldenmütig von dir«, sagte er böse. »Aber ich fürchte, du unterschätzt die Freundschaft, die dir dieser junge Narr entgegenbringt. Du würdest doch niemals einen Freund opfern, nur um einen Feind zu töten, nicht wahr, Tibor?«

Tibor schwieg. Er spürte keinen Zorn, nur eine tiefe Enttäuschung. Er hatte das Gefühl, erneut – und diesmal wohl endgültig – versagt zu haben.

»Nein«, fuhr Resnec fort. »Das würdest du nicht. Eher stirbst du zusammen mit ihm, nicht wahr? Aber das kannst du haben. Ich hatte dir ein anderes Schicksal zugedacht, aber wenn du unbedingt neben deinem Freund aufgehängt werden willst – diesem Wunsch kann ich entsprechen. Packt ihn!«

Starke Hände griffen nach Tibor, entrissen ihm das Schwert und bogen ihm die Arme auf den Rücken, während sich Resnec vollends aufrichtete und Wolff dabei mit sich zog.

»Nicht dass du etwa denkst, ich hätte die kleinen Tricks vergessen, die du beherrschst, mein Freund«, sagte er böse. »Eine einzige falsche Bewegung und dein Freund ist tot.«

»Hör … nicht auf … ihn«, stöhnte Wolff. »Er bringt mich … sowieso um.«

»Das mag sein«, sagte Resnec ruhig. »Aber es liegt ganz bei Tibor, ob ich es schnell tue oder ob du einen Tag lang Freude an deinem Sterben hast. Oder eine Woche. Ich habe Leute, die sind da sehr fantasievoll, weißt du?«

»Du … du Ungeheuer«, murmelte Tibor.

Resnec lachte. »Ganz wie du glaubst, mein Freund«, sagte er. »Aber lieber ein lebendes Ungeheuer als ein toter Narr, meinst du nicht?« Sein Gesicht wurde hart. »Hängt ihn auf!«, befahl er. »Gleich hier!«

Die Männer, die Tibor gepackt hatten, zerrten ihn zurück und hielten ihn fest, während einer von ihnen ein Seil aufrollte und über einen frei stehenden Dachbalken warf. Tibors Herz begann wie rasend zu schlagen. Es erschien ihm so sinnlos, dass er jetzt noch sterben sollte – nach allem, was er erreicht hatte.

»Du täuschst dich, wenn du glaubst, du hättest gewonnen, Resnec«, sagte er. Sein Mund war trocken vor Aufregung. Er konnte kaum sprechen.

»Ach, tue ich das?«, fragte Resnec. Seine Stimme klang beinahe gelangweilt.

»Ich bin deiner Falle entronnen, oder?«

Resnec schnaubte. »Nur um dich selbst ans Messer zu liefern«, sagte er. »Du hättest mir wirklich gefährlich werden können mit deinen Fähigkeiten, weißt du das? Aber du bist zu weich. Und dir fehlt noch eine ganze Menge, bis du die Rüstung, die du da trägst, auch wirklich ausfüllst, mein junger Freund. Aber ich fürchte, du wirst keine Gelegenheit mehr haben, es zu lernen.«

»Und du wirst …«

»Schluss jetzt!«, unterbrach ihn Resnec. »Wenn du um dein Leben hättest reden wollen – die Gelegenheit hast du verpasst. Und jetzt ist genug der Worte! Packt ihn endlich!«

Tibor wurde gepackt und auf das Seil zugestoßen, das bereits über einem Balken baumelte und von zwei Männern gehalten wurde. Aber bevor sie es erreichten, entstand unter der Tür abermals Lärm.

Ein halbes Dutzend Krieger stürmte in den Raum, angeführt von einem Mann, der ein wahrhafter Riese war, an die zwei Meter groß und mit Schultern, die das schwarze

Leder seines Harnisches schier zu sprengen schienen. Sein Gesicht war völlig unter dem heruntergeklappten Visier seines Helmes verborgen, aber Tibor sah trotzdem, wie es in seinen Augen zornig aufblitzte, als er ihn erblickte.

Resnec fuhr mit einem unwilligen Laut herum.

»Was soll das?«, schnappte er. »Wer hat euch gerufen?«

Der Riese blieb stehen, blickte einen Moment unsicher von Resnec zu Tibor und wieder zurück. »Wir … wir hörten Lärm, Herr«, gab er stockend Auskunft. »Und dann, wie Ihr nach den Wachen rieft. Wir dachten …«

»Ich bezahle euch nicht dafür, dass ihr denkt«, meinte Resnec zornig. »Es ist alles in Ordnung. Es war nur ein dummer Junge, der sich eingebildet hat, ein Mann zu sein. Und jetzt verschwindet!«

»Jawohl, Herr«, sagte der Riese, hob sein Schwert und schlug dem vor ihm stehenden Mann aus Resnecs Leibwache die Klinge mit aller Kraft über den Schädel. Der Krieger sackte lautlos in sich zusammen.

Und dann brach in dem kleinen Raum ein unbeschreiblicher Tumult los, denn die neu angekommenen Krieger ließen Resnec und seinen Männern keine Gelegenheit, ihre Überraschung zu überwinden, sondern zogen ihre Waffen und drangen mit gellenden Kampfschreien auf sie ein. Schon ihr erster, völlig überraschender Ansturm warf die Hälfte von ihnen zu Boden, sodass Resnecs Garde von einem Augenblick auf den anderen in der Minderzahl war. Und die Angreifer nutzten diesen Vorteil gnadenlos aus.

Der kleine Raum hallte plötzlich vom Klirren der aufeinander prallenden Schwerter und den gellenden Schreien der Kämpfenden wider und für einen Augenblick war das Chaos so groß, dass Tibor kaum mehr sagen konnte, wer nun eigentlich Freund und wer Feind war.

Aber er überwand seine Überraschung einen Herzschlag eher als der Mann, der ihn hielt. Er versuchte nicht, sich loszureißen oder nach seinem Bewacher zu schlagen, sondern ließ sich einfach fallen und entschlüpfte so dem Griff des Kriegers. Blitzschnell rollte er herum, trat dem Mann wuchtig in die Kniekehlen und war auf den Füßen, kaum dass sein Bewacher zu Boden gefallen war.

Der Kampf war kurz, aber er wurde auf beiden Seiten mit gnadenloser Härte geführt. Der Riese, der die Angreifer anführte, wütete wie ein zum Leben erwachter Racheengel unter den Söldnern Resnecs. Ein Hieb hatte seinen Helm getroffen und davonfliegen lassen, ihn aber nicht ernsthaft verletzt, sondern seine Wut nur noch mehr angestachelt. Sein rotes, schulterlanges Haar flog, während er brüllend seine Klinge schwang. In der Enge des Raumes konnten die Krieger ihre Waffen kaum einsetzen, ohne sich gegenseitig zu gefährden.

Als Resnecs Männer ihren Schrecken überwunden hatten, begannen sie sich verbissen zur Wehr zu setzen.

Auch Tibor sah sich plötzlich wieder von einem Krieger attackiert und ging abermals zu Boden, aber es gelang ihm, den Würgegriff des Angreifers mit ein paar schnellen Hieben zu sprengen. Hastig raffte er das erstbeste Schwert auf, das er fand, und blickte sich nach Resnec um.

Der Zauberer war in den hintersten Winkel des Raumes zurückgewichen und beobachtete das Geschehen mit wachsendem Entsetzen. Aber noch immer hielt er Wolff gepackt und presste ihn wie einen lebenden Schutzschild an sich.

In diesem Moment durchbrach der rothaarige Hüne die lebende Mauer, die Resnecs Krieger um ihren Herrn bildeten. Seine Klinge, mit beiden Händen geschwungen, zuckte in die Höhe und fuhr mit einer unglaublich kraftvollen Bewegung auf den Schädel des Zauberers hernieder. Resnec schrie auf vor Angst, stieß Wolff von sich und brachte sich mit einem Sprung in Sicherheit.

Das war der Moment, auf den Tibor gewartet hatte. Mit wenigen Schritten schlug er sich zu Wolff durch und kniete neben ihm nieder. Wolff war bei Bewusstsein, aber er stöhnte vor Schmerz und schien Tibor nicht zu erkennen, als dieser ihn an der Schulter berührte.

Ein Stück neben ihm schlug Erik noch immer auf Resnec ein, brüllend vor Wut und mit einer Kraft, die einem seiner nordischen Götter zur Ehre gereicht hätte, aber er traf ihn nicht, denn Resnec wich geschickt seiner Klinge immer wieder aus. Er schien selbst zu einem tanzenden Schatten zu werden, der stets eine Winzigkeit schneller war als der Nordmann.

Und dann geschah das, womit Tibor insgeheim schon gerechnet hatte: Resnec verschwand. Von einer Sekunde auf die andere war er nicht mehr da. Eriks Klinge fuhr plötzlich ins Leere und prallte krachend und Funken schlagend gegen die Wand. Für einen Moment stand Erik fassungslos da, mit weit aufgerissenen Augen und gelähmt vor Schreck.

»Was …«, murmelte er, sprach aber nicht weiter, sondern schüttelte nur immer wieder den Kopf und starrte die Stelle an, an der der Magier vor einem Augenblick noch gestanden hatte.

Als er sich umwandte und Tibor und Wolff zu Hilfe kommen wollte, war der Kampf bereits vorüber.

Aus der Tiefe der Burg drang immer noch aufgeregtes Geschrei zu ihnen, Schritte, das Klirren von Eisen und eine fast hysterisch klingende Stimme, die Befehle brüllte, waren zu vernehmen.

»Was … was war das, Tibor?«, stammelte Erik. »Wo ist der Kerl hin?«

»Ich fürchte, er wird schneller zurück sein, als du ahnst«, antwortete Tibor gehetzt. Er deutete zum Ausgang. Die Stimmen waren bereits näher gekommen. »Schnell! Wir müssen hier hinaus!«

Erik lachte – es klang eher wie ein Schrei. »Hinaus?«, wiederholte er. »Wie denn? Die Burg wimmelt von Resnecs Kriegern.«

»Ich weiß«, antwortete Tibor. Er bückte sich, versuchte Wolff aufzurichten und gab Erik mit einer Kopfbewegung zu verstehen, ihm zu helfen. Der rothaarige Hüne steckte gehorsam sein Schwert weg und griff nach Wolffs Beinen, blickte Tibor aber weiterhin zweifelnd an.

»Was ist mit ihm geschehen?«, fragte er. »Lebt er überhaupt noch?«

»Ja«, antwortete Tibor. »Aber das wird nicht mehr lange so bleiben, wenn wir hier nicht verschwinden. Resnec wird …« Er brach ab, starrte Erik und seine beiden Begleiter einen Moment lang an und runzelte die Stirn. »Wo kommt ihr überhaupt her?«, fragte er. »Ihr seid doch draußen zurückgeblieben!«

Erik nickte, aber plötzlich verzog sich sein Gesicht zu einem Grinsen, das ihn wieder wie einen etwas zu groß geratenen Jungen aussehen ließ. »Sind wir«, bestätigte er. »Aber als ihr nicht zurückgekommen seid, haben wir angefangen uns Sorgen zu machen. Dann kamen ein paar von Resnecs Halsabschneidern dicht an unserem Versteck vorbei, und als sie so freundlich waren, uns ihre Uniformen zu leihen, konnten wir nicht widerstehen.«

»Ihr hättet wirklich keine Sekunde später kommen dürfen«, sagte Tibor. »Diesmal war es verdammt knapp.«

»Was heißt hier, war?« Plötzlich wurde Erik wieder ernst. »Wie zum Teufel sollen wir hier hinauskommen, Tibor?«, fragte er. »Resnecs Männer werden uns in Streifen schneiden, wenn sie uns erwischen.«

»Das werden sie nicht«, behauptete Tibor. Er winkte die beiden Plünderer zu sich heran und bedeutete ihnen mit Gesten, ihm und Erik dabei zu helfen, den reglosen Wolff zu tragen. Dann konzentrierte er sich.

Und die Welt um sie herum erlosch.

Als Resnecs Krieger eine halbe Minute später durch die Tür gestürmt kamen, war der Raum leer. Nur noch die Toten waren da. Und die Schatten.

Die Sonne ging auf, als sie den Hügel auf der der Stadt gegenüberliegenden Seite des Flusses erreichten. Sie waren unweit des Tores aus den Schatten herausgetreten und an das, was danach geschehen war, erinnerte sich Tibor kaum. Diesmal war nichts da gewesen, was ihn zurückhalten wollte, und er glaubte allenfalls ein Gefühl wohlwollender Neugier verspürt zu haben, während er das Schattenreich durchschritt. Aber die Anstrengung, nicht nur sich, sondern auch Wolff und Erik und die beiden letzten Überlebenden von Baroks Bande durch die Welt hinter der Wirklichkeit zu führen, war über seine Kräfte gegangen. Erik und die beiden Männer hatten Wolff und ihn auf die Fähre geschafft und den Fluss überquert und Tibor hatte kaum mehr die Kraft gehabt, das letzte

Stück Weg auf eigenen Beinen zurückzulegen. Aber jetzt waren sie hier, auf der anderen Seite des Flusses, und in Sicherheit. Das war alles, woran er denken konnte. Er empfand keinen Triumph bei dem Gedanken, Resnec noch einmal entkommen zu sein, sondern nur Müdigkeit. Er war dem Tode gleich zweimal sehr nahe gewesen und vielleicht war dieser Morgen der erste in seinem Leben, an dem er wirklich begriff, dass das Wort Abenteuer in den allermeisten Fällen aus Schmerz, Furcht und Leid geschrieben wurde.

»Nun, wie geht es ihm?«

Eriks Stimme riss Tibor jäh aus seinen Gedanken. Er sah auf und blickte einen Moment ins Gesicht des breitschultrigen Hünen. Die beiden Männer, die bei ihnen waren, hatten ein Lager aus Laub und Zweigen für Wolff aufgeschichtet und Tibor hatte seine Wunde so gut verbunden, wie es ihm möglich war. Wolff war ohne Bewusstsein, aber von Zeit zu Zeit stöhnte er leise und seine Haut glühte. Die Augen hinter seinen geschlossenen Lidern bewegten sich unstet.

»Er hat Fieber«, murmelte Tibor. »Aber er wird es überleben.«

»Sicher?«

Tibor sah abermals auf, als Erik neben ihm und Wolff niederkniete. In diesem einen Wort hatte ein besorgter Unterton geklungen, der ihn verwirrte.

»Sicher«, sagte er. »Es wird lange dauern, fürchte ich, aber er wird nicht sterben. Er ist ein zäher Bursche.« Er sah Erik an. »Du magst ihn auch, wie?«

Erik nickte. »Ich weiß selbst nicht genau, warum, aber ... Ja. Irgendwie schon. Er ist dein Freund.«

»Du etwa nicht?«, fragte Tibor leise. »Immerhin hast du dein Leben für mich riskiert.«

»Das war ich dir schuldig«, antwortete Erik grob. Dann lächelte er. »Außerdem hatte ich keine große Wahl. Ich glaube nicht, dass wir aus der Stadt herausgekommen wären.« Er seufzte, setzte sich im Schneidersitz neben Wolff zu Boden und zupfte einen Grashalm aus, um darauf herumzukauen. Sein Blick suchte die Stadt am anderen Ufer des Flusses.

»Es scheint, als hätten wir noch einmal Glück gehabt, wie?«, fuhr er nach einer Weile fort.

Tibor nickte. Erik war nicht nur hergekommen, um sich nach Wolff zu erkundigen, das spürte er genau. Der rothaarige Riese wollte etwas ganz Bestimmtes von ihm. Und er glaubte auch zu ahnen, was.

»Du musst mir mehr von Resnec erzählen«, sagte Erik nach einer Weile und fügte mit einer Kopfbewegung auf den bewusstlosen Ritter neben sich hinzu: »Und von ihm auch.«

»Das ist eine lange Geschichte«, antwortete Tibor.

»Und?« Erik spie seinen Grashalm aus und zog die Knie an den Körper. »Ich habe viel Zeit.«

Tibor unterdrückte ein Lächeln. Er wusste jetzt, dass seine Vermutung richtig gewesen war. »Und was ist mit deinem Weg nach Norden? Es ist nicht mehr sehr weit bis zur Küste.«

»Wer sagt, dass ich zur Küste will«, gab Erik zurück. »Willst du es denn?«

»Wenn Wolff gesund ist – vielleicht«, antwortete Tibor ausweichend. »Du willst also bei uns bleiben?«

»Wenn ihr mich lasst.«

»Und dein Vater?«, fragte Tibor. »Deine

Familie und ihr Hof und die drei Schiffe, über die dein Vater befiehlt?«

Erik blickte ihn einen Moment sonderbar betroffen an und begann zu lachen. »Mein Vater wird mich kaum vermissen«, sagte er. »Er hat noch neun weitere Söhne und das Leben als zehnter Erbfolger eines Seemanns ist nicht halb so aufregend wie das an eurer Seite. Aber versprich mir, dass wir höchstens alle drei Monate gegen einen verrückt gewordenen Zauberer kämpfen müssen«, fügte er mit einem leisen Lachen hinzu.

»Ich hoffe es«, antwortete Tibor, der dabei völlig ernst geblieben war. Wieder suchte sein Blick die Stadt. Auch dort unten begann das goldgelbe Licht der Sonne nun die letzten Schatten der Nacht zu vertreiben und zum ersten Mal, seit Tibor diesen verwunschenen Ort erblickt hatte, wurde es in ihren Mauern wirklich Tag.

Für einen ganz kurzen Moment glaubte er etwas Großes, Schwarzes zu sehen, ein rasches Davonhuschen, als erhebe sich eine Woge Gestalt gewordener Finsternis aus den Straßen der Stadt, schwänge sich mit einem lautlosen Schrei der Erleichterung in die Höhe – fort von diesem Ort, der so lange sein Gefängnis gewesen war, und hin zu anderen Welten, die niemand auch nur erahnen konnte. Tibor lächelte.

»Was ist so komisch?«, fragte Erik plötzlich.

»Nichts«, antwortete Tibor. »Ich … erkläre es dir später. Jetzt lass uns sehen, dass wir hier wegkommen.« Er stand auf, winkte Baroks Männer zu sich heran und deutete mit einer befehlenden Geste in die Richtung, in der das ehemalige Lager der Plünderer lag. »Geht und bringt uns einen der Wagen«, sagte er. »Und zwei Ochsen, die ihn ziehen können. Und danach nehmt von eurer Beute, so viel ihr zu tragen vermögt, und verschwindet, bevor ihre rechtmäßigen Besitzer zurückkommen und euch unangenehme Fragen zu stellen beginnen.«

Die beiden Männer entfernten sich gehorsam, offenbar froh, aus der Nähe des unheimlichen Ritters entkommen zu können, der sie mit einem einzigen Schritt aus der Stadt herausgebracht hatte.

Erik blickte ihnen verständnislos nach. »Einen Wagen?«, murmelte er. »Und Ochsen? Was … was bedeutet das?«

»Willst du Wolff vielleicht tragen?«

»Aber … aber die Stadt!«, stammelte Erik. »Die Sonne geht auf, Tibor. Und Resnec lebt noch. Wir müssen hinunter und ihn …«

»Ihn töten?« Tibor schüttelte den Kopf. »Nein, Erik. Ich töte keinen Menschen. Auch Resnec nicht.«

»Aber die Stadt!«, protestierte Erik. »Willst du all diese Menschen ihrem Schicksal überlassen? Resnecs Armee wird erscheinen, sobald es dort unten wirklich hell geworden ist!«

Tibor antwortete nicht sofort, sondern blickte noch einmal zur Stadt hinunter. Er war sich nicht ganz sicher – aber beinahe glaubte er in ihren dunklen Straßen und Gassen eine ganz sachte, hin und her wogende Bewegung wahrzunehmen. Für einen kurzen Moment erinnerte er sich noch einmal an sein Zusammentreffen mit dem Herrscher des Zwischenreiches und an die letzten Worte, die er zu ihm gesprochen hatte, kurz bevor er ihn in die Welt der Lebenden zurückgeschickt hatte. Er wusste jetzt, dass er Wort gehalten hatte.

»Willst du denn wirklich vor Resnec davonlaufen?«, fragte Erik verstört. »Du schenkst ihm den Sieg!«

»Den Sieg?« Tibor lächelte abermals. »Kaum, Erik. Ganz bestimmt nicht.« Er seufzte, wandte sich um und blickte noch einmal auf Wolff hinab. Für einen Moment tat es ihm leid, ihm erst sehr viel später berichten zu können, was geschehen war. Er war sich sicher, dass das Ende dieses Abenteuers ganz nach Wolffs Geschmack gewesen wäre.

»Du hast Recht, Erik«, sagte er fröhlich. »Resnec wird den Weg aus den Schatten finden, zusammen mit all seinen Kriegern. Wahrscheinlich ist er jetzt schon da.«

Erik starrte ihn weiter aus runden Augen an. »Und ... und was ist daran so lustig?«, fragte er stockend.

Tibor lachte leise. »Ich versuche gerade mir vorzustellen, welches Gesicht Resnec wohl machen wird, wenn er begreift, dass er nicht allein gekommen ist. Ich habe nämlich wirklich getan, was er von mir verlangte. Das Tor in die Welt der Schatten steht offen. Sehr weit und für jeden.«

Es dauerte einen Moment, bis Erik wirklich begriff, was Tibor mit seinen Worten sagen wollte. »Du ... du meinst ... sie sind ... sie leben wieder?«, stammelte er. »Alle?!«

Tibor nickte. »Jeder Einzelne«, bestätigte er. Noch einmal drehte er sich herum und blickte zur Stadt hinab. »Wie viele Krieger hat Resnec?«, fragte er.

»Dreihundert, glaube ich.«

»Dreihundert!« Tibor schwieg einen Moment. »Was glaubst du, Erik – wie viele Einwohner mag diese Stadt haben? Fünftausend?«

»Eher sechstausend«, antwortete Erik kichernd. »Vielleicht sogar siebentausend. Oder auch …«

Aber er sprach nicht weiter, sondern begann stattdessen zu lachen.

Jetzt hatte er begriffen.